청춘보다 푸르게,
삶보다 짙게

청춘보다 푸르게,
삶보다 짙게

나이듦과 죽음을 대하는 선인의 지혜

박수밀 지음

꿈꾸는 노년

그리스 신화에는 다음과 같은 이야기가 있다. 뛰어난 건축가였던 트로포니오스는 델포이에 아폴론의 4번째 신전을 지었다. 예언의 신인 아폴론에게 신전을 봉헌한 그는 상을 달라고 요구하였다. 아폴론은 그에게 엿새 동안 즐겁게 지내고 나면 상을 주겠다고 약속했다. 그는 아폴론이 시키는 대로 했다. 이레째 되는 날 밤, 잠에 든 트로포니오스는 아폴론이 내린 상을 받았는데 그것은 '죽음'이었다. 세상에서 제일 좋은 선물이 자다가 죽는 일이 되는 이 역설에는 인간이 죽음을 얼마나 두려워하고 있는지를 말해준다. 죽음, 그것은 존재의 사멸이다.

가끔 잠자리에 누워 죽음을 생각한다. 다음날 깨지 않는다면 그것이 죽음이라고 부르는 것이리라. 죽는다는 것은 지상의 모든 관계와 단절하는 것이며, 모든 인연과 작별하는 것이고, 모든 사랑하는 것과 영원히 헤어지는 것이다. 죽으면 다 놓고

간다. 그동안 아등바등 모았던 것, 애써 이루어 놓은 것도 다 무無가 된다. 죽어서 가져갈 수 있는 것은 아무것도 없다. 그런데도 왜 그토록 움켜쥐려고 기를 쓰고, 더 가지려고 욕심을 부렸던가? 죽음을 생각하면 누군가를 미워하는 감정도 사라지고 신 앞에 용서를 구하는 마음이 생긴다.

어언 오십 대를 살아가다 보니 늙어감을 실감하고 죽음을 자주 떠올린다. 흰머리는 많아지고 눈은 점점 흐릿해진다. 젊은이 사이에서 소외되는 느낌을 받고 아픈 곳만 하나둘 늘어간다. 어느 날 갑자기 지인의 부음을 받고 지인의 부모가 돌아가셨다는 소식을 듣는다. 인생은 사랑하는 이를 먼저 떠나보내다가 종국에는 내가 떠나는 일인가 싶다. 지금까지 살아온 수십 년 인생이 하룻밤의 꿈과 같듯이 죽음도 그리 먼일은 아닌 것처럼 느껴진다.

언제부턴가 나이듦을 느끼고 죽음을 생각하며 동양 고전에서 늙음과 죽음을 소재로 한 글을 차곡차곡 모아두었다. 동양에는 사랑하는 이가 떠나면 만시挽詩, 제문祭文, 묘지명墓誌銘, 행장行狀 등을 지어 죽은 이의 자취를 기록하고 추모하는 전통이 있었다. 자기 죽음을 미리 가정하고 쓰는 자만시自挽詩와 자지명自誌銘도 있었다. 어느새 모은 글이 제법 많아졌고, 마음에 와 닿는 글을 정리하고 생각을 나눌 기회를 이렇게 적절한 때에 얻게 되었다.

이 책에는 나이듦과 죽음에 관한 동양 고전의 글을 모았다. 1부에서는 죽음에 대한 글을 다루었다. 노장과 유교 등 동양 사상에서 죽음을 어떻게 이해하고 있는지를 살피고 가족의 죽음, 나의 죽음, 지인의 죽음 앞에서 슬퍼하고 애도하는 인간의 '마음'에 대해 이야기했다. 자기의 죽음을 자신이 기록한 글도 담아 보았다. 우리는 모두 언젠가 소중한 사람들과 작별한다. 사랑했던 마음이 클수록 고통과 상실감은 더욱 크다. 시간이 흘러 지극한 슬픔이 어느 정도 가라앉는다고 해도 떠난 이의 자리는 누구도 대신할 수 없다. 그래서 늘 마음 한구석에 그리움을 간직하며 살아가야 한다. 소중한 이를 잃은 사람들의 마음으로 들어가 작품의 뜻을 새겨보았다.

2부는 늙음에 관한 글을 다루었다. 어떻게 늙어야 하는지를 잘 아는 사람은 많지 않다. 옛사람도 갑자기 찾아온 노화 앞에서 어쩔 줄 몰라 하고 곤혹스러워하고 피하려고 안간힘을 쓰기도 했다. 한편으로는 늙음을 순순히 받아들이고 과거와 화해하며 성숙하게 늙어 가려는 사람도 있었다. 이처럼 늙음을 슬퍼하거나 긍정하는 마음을 이야기하고, 늙어서 겪는 이러저러한 경험과 사연을 담았다.

흰머리와 이가 빠지는 낙치落齒는 늙었다는 증거일 뿐, 그 자체가 지혜를 가져다주는 건 아니다. 늙어서 노욕을 부리거나 고집만 더 세지기도 한다. 선현들이 노년에 욕망을 비우고 배움으로 채워가는 모습을 통해 지금의 우리도 늙어 가는 시간을 더욱 풍요롭게 만들기를 바라는 마음을 담았다.

　어언 나의 부모님도 팔순을 넘기셨다. 어머니는 뇌출혈로 쓰러지셨다가 고맙게도 일어나셨고 아버지는 몇 해 전 암 수술을 받으셨다. 부모님을 보면서 늙는다는 건 질병과 함께 살아가는 것임을, 죽음은 늘 가까이에 있는 것임을 느낀다. 나이듦과 죽음을 두려워하기보다는 삶의 자연스러운 과정으로 받아들이시길 바랄 뿐이다. 그리고 건강하게 좀 더 오래 사시길 기원한다.

　고전에서는 나이듦과 죽음은 나쁜 게 아니라고 말한다. 모든 생명이 언젠가는 맞이하는 공평한 도道라고 말한다. 그 누가 늙음과 죽음을 나쁘다고 판정할 수 있겠는가? 나쁘다고 인식하는 내가 있을 뿐이다. 기력은 쇠할지언정 꿈꾸는 노년이 되었으면 좋겠다.

2022년 겨울에 박수밀 쓰다

목 차

1부

죽음을 기억하라

1장

죽음을 성찰하다

인생은 어디로 와서 어디로 가는 걸까? 이를 경험한 사람은 없다. 누구도 죽음의 세계를 다녀온 사람은 없다. 동서고금을 막론하고 무수한 현자들이 죽음을 이야기했고, 앞으로도 많은 이들이 죽음을 이야기할 것이다.

서양은 현세와 내세를 구별하고 육체와 영혼을 분리한다. 육체가 죽으면 영혼의 세계가 기다리고 있다고 믿는다. 반면 동양은 모든 것은 하나로 연결되어 있다고 말한다. 삶과 죽음은 연결되어 있으며 죽으면 자연으로 돌아갔다가 다시 삶으로 돌아온다. 육체와 영혼, 삶과 죽음은 되풀이해서 돌고 돈다. 삶이 좋은 것이라면 죽음도 좋은 것이다.

이지李贄는 말한다. "가버리는 것을 슬퍼 말고 지금 여기의 삶을 슬퍼하라."

그릇을 두드리며 노래한 이유

장자의 아내가 죽자 혜시가 문상갔다. 장자는 마침 두 다리를 뻗고 앉아 질그릇을 두드리며 노래를 부르고 있었다. 혜시가 물었다. "함께 살면서 자식을 키우고 늙어 죽었는데, 곡哭을 하지 않은 것은 그렇다 쳐도 질그릇을 두드리며 노래 부르다니 심하지 않은가?" 장자가 대답했다. "그렇지 않소. 아내가 죽을 당시엔 나라고 어찌 슬프지 않았겠소? 그러나 그 근원을 살펴보면 본래 삶이란 없었네. 비단 삶이 없었을 뿐만 아니라 본래 형체도 없었네. 형체만 없었을 뿐 아니라 본래 기氣도 없었네. 흐릿하고 어두운데 섞여 있다가 변해서 기가 생겼고, 기가 변해서 형체가 생겼으며, 형체가 변하여 삶이 생긴 것이네. 지금 다시 변하여 죽음에 이르렀으니 이는 봄 여름 가을 겨울 사계절이 되풀이하여 운행하는 것과 같네. 아내는 지금 천지라는 큰 방에 편안히 누워있네. 그런데 내가 울며불며 시끄럽게 곡을 한다면 스스로 하늘의 명을 잘 모르는 것이 되네. 그런 까닭에 곡을 멈춘 것이네."

『장자』「지락」

사랑하는 이가 세상을 떠나는 일은 더는 그를 볼 수도 만질 수도 없는, 세상에서 가장 지극한 슬픔이다. 그런데 장자는 아내가 죽자 곡을 하기는커녕 두 다리를 쭉 뻗고서 그릇을 두드리며 노래를 불렀다. 상식으로 보자면 장자의 행위는 해괴하기 그지없다. 정신병리학의 관점에서 보자면 장자는 정동 장애나 급성 우울증 진단을 받아 몇 주간 예후를 면밀하게 살펴보아야 할 것이다.

그렇지만 장자는 죽음의 본질을 깨달은 것이다. 장자도 인간이고 감정을 지닌 존재이므로 아내가 죽었을 때 처음엔 무척 슬펐다. 그러나 장자는 아내의 죽음을 통해 비로소 죽음의 근원을 들여다보았다. 태어나기 이전 생명의 기원을 살펴보면 삶도 없고 육체도 없었다. 흐릿하고 어두운 속에서 기가 생겨났고, 기에서 육체가, 육체에서 삶이 생긴 것이다. 삶이 끝나면 죽음에 이르고 죽고 나면 흐릿하고 어두운 속으로 들어간다. 흐릿하고 어두운 속에 섞여 있다가 다시 기가 생긴다. 곧 기와 육체와 삶과 죽음은 계속해서 서로 돌고 도는 것이다. 이는 마치 사계절이 반복해서 순환하는 것과 같다. 그러므로 아내의 죽음은 무로 돌아간 것이 아니라 자신이 시작된 곳으로 다시 돌아간 것일 뿐이다. 그러니 이 이치를 깨닫는다면 어찌 울며불며 곡을 할 수 있겠는가!

莊子妻死, 惠子弔之, 莊子則方箕踞鼓盆而歌. 惠子曰, 與人居長子, 老
身死, 不哭亦足矣, 又鼓盆而歌, 不亦甚乎! 莊子曰, 不然. 是其始死也,
我獨何能無槪然! 察其始而本無生. 非徒無生也, 而本無形. 非徒無形
也, 而本無氣. 雜乎芒芴之間, 變而有氣, 氣變而有形, 形變而有生, 今
又變而之死, 是相與爲春秋冬夏四時行也. 人且偃然寢於巨室, 而我噭
噭然隨而哭之, 自以爲不通乎命, 故止也. (『莊子』「至樂」)

삶도 잘 모르면서

자로가 귀신 섬기는 일을 묻자 공자가 대답했다. "사람도 잘 섬
기지 못하는데 어찌 귀신을 섬기겠느냐?" 자로가 물었다. "감
히 죽음에 대해 여쭙습니다." 공자가 대답했다. "삶도 알지 못
하는데 어찌 죽음을 알겠느냐?"

『논어』「선진」

죽음에 대해 갖는 의문이 있다. 모든 인간은 똑같은 벌거숭이
로 태어나지만 죽을 때 상황은 각기 다르다. 선한 삶을 살았다고
해서 축복 속에 죽는 게 아니라 홀로 쓸쓸히 죽기도 한다. 반대로
악한 사람이 많은 이들의 애도를 받으며 편안하게 죽기도 한다.
누구는 일찍 죽고 누구는 장수를 누리다 죽기도 한다. 공자가 가
장 사랑했던 제자 안연은 술지게미조차 배불리 먹지 못할 정도로
굶주리다가 영양실조로 일찍 죽었다. 흉악한 도둑의 대명사인 도

척, 날마다 죄 없는 사람을 마구 죽이고 생간의 회를 먹었다는 그
는 하늘이 준 수명을 다 누리고 집에서 편안히 누워 죽었다. 그리
하여 사마천은 「백이열전」에서 묻는다. "이러한 것이 하늘의 도라
면 이것은 과연 옳은 것인가? 잘못된 것인가?"

죽음을 묻는 제자에게 공자는 "삶도 알지 못하는데 어찌 죽음
을 알겠느냐?"라고 대답한다. 잘 알지도 못하는 죽음에 관심 두
지 말고 현세의 삶을 충실하게 살아가라는 가르침으로 이해할 수
도 있다. 공자는 괴력난신怪力亂神, 곧 괴이한 일과 엄청난 힘, 난
리와 귀신에 대해 말하지 않는다. 합리적인 이성으로 설명하기 어
려운 초자연적인 현상이나 초월적인 것을 배척하며 경험하지 못
하는 것에 대해 말하기를 꺼린다. 유학의 관심은 지금 여기의 삶
에 있다. 주자는 이 구절에 대해 풀이하길, 삶과 죽음은 같은 이치
이지만 배움에는 순서가 있으므로 먼저 근원이 되는 삶의 원리를
이해해야 죽음을 알게 된다는 가르침이라 말한다.

하지만 공자가 정말로 몰라서 한 대답이었다고 해도 진정성 있
게 다가온다. 삶과 죽음은 공평하지 않은데, 어찌 손쉽게 말할 수
있겠는가.

季路問事鬼神, 子曰, 未能事人, 焉能事鬼? 敢問死. 曰, 未知生, 焉知
死? (『論語』「先進」)

죽음보다 싫은 것

맹자가 말했다. "생선은 내가 원하는 것이고 곰 발바닥도 내가 원하는 것이지만 둘을 다 얻을 수 없다면 생선을 버리고 곰 발바닥을 취할 것이다. 삶도 내가 바라는 바이고 의로움도 내가 바라는 바지만 둘 다 얻을 수 없다면 삶을 버리고 의로움을 취할 것이다. 삶도 내가 원하는 것이지만 삶보다 더 크게 원하는 것이 있다. 그러므로 구차히 삶을 얻으려고 하지 않을 것이다. 죽음도 내가 싫어하는 것이지만 죽음보다 더 크게 싫어하는 것이 있다. 그러므로 죽음의 환란도 피하지 않는 바가 있는 것이다. 만약 사람들이 원하는 바가 삶보다 더한 것이 없다면 삶을 얻을 수 있는 방법을 어찌 쓰지 않겠는가. 만약 사람들이 싫어하는 바가 죽음보다 더 큰 것이 없다면 죽음의 재앙을 피할 수 있는 일을 어찌 사용하지 않겠는가? 이 때문에 살 수 있는 방법이 있어도 택하지 않는 경우가 있으며, 이 때문에 죽음의 환란을 피할 수 있는데도 그리하지 않는 경우가 있다. 그러므로 삶보다 더 크게 원하는 것이 있으며 죽음보다 더 크게 싫어하는 바가 있는 것이다. 현자만이 이 마음을 지닌 것이 아니라 사람마다 가지고 있건만 현자는 이를 잃지 않을 뿐이다."

『맹자』「고자」上

사람들은 둘 중 하나를 선택해야 할 때 더 좋아하는 것을 고른다. 고기도 좋아하고 생선도 좋아하지만 하나만 선택해야 한다면 더 좋아하는 것을 택한다. 의롭게 사는 것을 원하지 않는 사람은 없겠으나 삶과 의義 가운데 하나를 선택하라면 대부분은 삶을 선택한다. 그러나 맹자는 말한다. 삶도 내가 좋아하고 의도 내가 좋아하는 것이지만 구차하게 삶을 도모하느냐 의를 위해서 죽을 것이냐를 선택한다면 나는 기꺼이 삶을 버리고 의를 택할 것이라고. 또한 누구나 불의를 싫어하지만, 죽음이 더욱 싫기에 대부분은 불의를 선택한다. 그러나 의를 더욱 사모하기에 삶을 버리는 사람이 있다. 불의를 더욱 싫어하기에 죽음에 이르는 환란일지라도 피하지 않는 사람이 간혹 있다. 독립지사인 안중근 의사와 유관순 열사는 의를 사모하기에 삶을 버렸다. 사육신인 성삼문과 박팽년은 불의를 더욱 싫어했기에 죽음에 이르는 환란을 피하지 않았다.

사는 것보다 더 중요한 가치가 있고 죽음보다 더 싫어하는 것이 있다. 이러한 마음은 모든 사람이 갖고 있다. 그러나 현자만이 이 마음을 잃지 않고 끝까지 붙든다. 평범한 인간들은 의를 버리고 구차하게 살아가며, 죽음의 환란을 피하고 싶어 불의를 행하는 것이다.

孟子曰, 魚我所欲也, 熊掌亦我所欲也, 二者不可得兼, 舍魚而取熊掌者也. 生亦我所欲也, 義亦我所欲也, 二者不可得兼, 舍生而取義者也. 生亦我所欲, 所欲有甚於生者, 故不爲苟得也. 死亦我所惡, 所惡有甚於死者, 故患有所不辟也. 如使人之所欲莫甚於生, 則凡可以得生者, 何不用? 使人之所惡莫甚於死者, 則凡可以辟患者, 何不爲也? 由是則生而有不用也, 由是則可以辟患而有不爲也. 是故所欲有甚於生者, 所惡有甚於死者, 非獨賢者有是心也, 人皆有之, 賢者能勿喪耳. (『孟子』「告子」上)

죽을 때는 말이 착하다

증자가 병에 걸리자 맹경자가 병문안을 왔다. 증자가 말했다. "새가 죽을 때는 그 울음소리가 슬프고 사람이 죽을 때는 그 말이 선하다."

『논어』「태백」

봄날 아침의 새소리는 명랑하고 상쾌하다. 그러나 죽음을 앞둔 새는 그 소리가 구슬프다. 미물도 죽음이 가까우면 애처롭게 우는 것이다. 평소 행실이 좋지 않던 사람도 죽기 직전에는 착한 말을 한다. 이에 대해 주자가 말하길, 새는 죽음을 두려워하기 때문에 울음이 애달프고 사람은 생명이 다하면 근본으로 돌아가므로 말이 착하다고 했다. 그러나 사람이 죽기 직전 선한 말을 하는 이유는 평소 지은 죄를 조금이나마 뉘우치고 떠날 수 있도록 하늘이 기회를 준 것은 아닐까? 아무리 험한 말과 악한 행동을 일삼던 인간도 유언만큼은 진실하다. 증자는 병이 들었을 때 대부가 앉는 화려한 대자리를 깔고 있다가 죽음이 닥치자 소박한 대자리로 바꾸고서 죽었다.

曾子有疾, 孟敬子問之. 曾子言曰, 鳥之將死, 其鳴也哀, 人之將死, 其言也善. (『論語』「泰伯」)

바른 명과 바른 명이 아닌 것

맹자가 말했다. "명命 아닌 것이 없지만 그 바른 명正命을 순순히 받아야 한다. 그러므로 명을 아는 사람은 위험한 담장 아래 서지 않는다. 그 도를 다하고 죽는 자는 바른 명이고, 형벌을 받아 죽는 자는 바른 명이 아니다."

『맹자』「진심」上

맹자는 죽음을 정명正命과 비정명非正命으로 나눈다. 해야 할 도리를 다하고 죽으면 바른 명, 즉 정명이고, 사고나 질곡으로 죽으면 바르지 못한 명, 곧 비정명이다. 의로움을 실천하다가 죽으면 정명이고 위험한 담장 아래 깔려 죽거나 죄를 지어 죽으면 비정명이다. 행동을 함부로 하면 비정명의 죽음을 스스로 초래했다고 말한다.

곧 정명은 정상적으로 죽는 것이고 비정명은 뜻밖의 사고나 재난, 질병, 형벌로 죽는 것이다. 자신의 운명을 잘 알고 자신에게 부여된 천명을 존중하고 따르면서 살면 최소한 뜻밖의 재난이나 사고 따위로 허망하게 죽거나, 죄를 지어 형벌로 죽지 않는다. 그러나 순리대로 살지 않고 함부로 행동하여 위험한 담장 아래 서거나 죄를 짓고 살아가면 불행한 죽음을 맞는다는 것이 맹자의 견해다.

그러나 죽음이라는 것이 인과응보와는 그다지 상관이 없어 보인다. 매사 조심하며 살았는데 비명횡사하기도 하고 함부로 살았는데 오래 살기도 한다. 수많은 철학자가 죽음에 관해 이야기해도 여전히 의문이 풀리지 않는 것은 한 인간의 운명과 죽음은 제각기 달라서 누구도 섣불리 예측할 수 없기 때문이 아니겠는가?

孟子曰, 莫非命也, 順受其正. 是故, 知命者, 不立乎巖墻之下. 盡其道而死者, 正命也, 桎梏死者, 非正命也. (『孟子』「盡心」上)

삶과 죽음은 하나다

대저 자연은 내게 몸을 주어 살게 하고, 내게 삶을 주어 수고
롭게 하고, 내게 늙음을 주어 편안하게 하고, 내게 죽음을 주
어 쉬게 한다. 그러므로 나의 삶이 좋은 것이라면 나의 죽음도
좋은 것으로 여겨야 한다.

『장자』「대종사」

우리는 삶을 원하고 죽음을 꺼린다. 삶은 좋은 것이지만 죽음
은 나쁜 것이라 여긴다. 죽음은 모든 것을 끝장나게 만든다고 생
각한다. 그러나 장자는 삶과 죽음을 대립적인 것으로 보지 않는
다. 삶과 죽음을 우열로 나누지도 않는다. 삶도 변화의 한 과정이
고, 죽음도 변화의 한 과정이다. 삶과 죽음은 내게 일어나는 변화
의 과정 가운데 있을 뿐이다. 삶과 죽음은 연결되어 있으며 죽으
면 자연으로 돌아갔다가 다시 삶으로 돌아온다. 그러므로 삶이 좋

은 것이라면 죽음도 좋은 것이다. 늙음은 편안한 것이고 죽음은
쉬는 것이다.

夫大塊載我以形, 勞我以生, 佚我以老, 息我以死. 故善吾生者, 乃所以
善吾死也. (『莊子』「大宗師」)

삶과 죽음 사이

현달하다고 기뻐할 것 없고

가난하다고 슬퍼할 것 없다.

서로 먼 가난과 현달함 사이에서

나는 아무 바뀌는 것 없다.

산다고 더 얻는 것이 아니고

죽는다고 더 잃는 것이 아니다.

아득한 삶과 죽음 사이에서

나는 기쁠 것도 마음 상할 것도 없다.

땔나무 다 타도 불은 절로 전해지니

깨달은 자만이 그 이치 알리라.

　　　　　　　　　　　신흠 『상촌집』 「후십구수」 15수

『장자』의 「양생주」에는 다음과 같은 말이 있다. "손가락이 땔

나무 태우는 일을 다 해도 불은 전해져 꺼질 줄 모른다.[指窮於爲薪, 火傳也, 不知其盡也.]" 불이 한 곳에서 다 타도 불씨가 전해져 다른 곳으로 계속 옮겨가듯이, 인간의 육신이 현세에서 끝나더라도 그 영혼은 영원히 이어진다는 뜻이다. 불교에서는 이를 환생이라고 한다. 환생은 깨달은 자가 스스로 다음 생을 선택하는 것이다. 그러니 지금 부귀하다고 기뻐할 것도 없고 궁핍하다고 슬퍼할 것도 없다. 부귀와 궁핍은 끊임없이 바뀌는 삶의 과정 가운데 한순간일 뿐이므로, 환생의 관점에서 보면 아무것도 아니다. 살아 있다고 해서 기뻐할 것도 없고 죽는다고 해서 마음 상할 것도 없다.

達亦不爲懽, 窮亦不爲戚. 悠悠窮達間, 伊我無變易. 生亦不加存, 死亦不加亡. 茫茫生死際, 伊我無慶傷. 薪盡火自傳, 至人通大方. (申欽 『象村集』 「後十九首」 15수)

온 것도 간 것도 흔적 없다

올 때는 어디서 와서

갈 때는 어디로 가는 걸까?

오고 간 것 자취 없으니

백 년 계획 아득하기만 하여라.

김인후 『하서전집』 「충암의 시에 답하다」

인생은 어디에서 와서 어디로 가는 걸까? 이를 경험한 자는 없
다. 죽음의 세계를 다녀온 사람은 아무도 없다. 온 곳도 모르고
갈 곳도 모르면서 사람들은 거창하게 백 년 계획을 세운다.

그러나 인생이란 언제 죽을지도 모르고, 죽으면 어디로 가는지
도 모르는 것이다. 갈 곳도 모르면서 무언가를 이루어 보겠다고
아등바등 살아가니 백 년 계획이 무슨 소용이란 말인가? 오고 가
는 것이 아무런 자취 없는 인생이거늘 구태여 촘촘한 계획을 세워

놓고 살아갈 필요가 없다.

來從何處來, 去向何處去. 去來無定蹤, 悠悠百年許. (金麟厚『河西全集』「題沖庵詩後」)

풀잎 위 이슬은 다시 내리건만

풀잎 위 아침 이슬 어이 쉽게 마르나?
이슬은 말라도 내일 아침 다시 맺히지만
사람은 죽어서 한번 가면 어느 때 돌아오나.

최표『고금주』「풀잎 이슬 노래」

이른 가을 학교 뒷산의 계단을 오르다 보면 여기저기 떨어져 죽은 매미가 눈에 띈다. 매미는 땅속에서 7여 년을 보내나 성충이 되어 우는 기간은 고작 2주 남짓이라고 한다. 긴 인고의 세월을 견디다가 좋은 인생을 보내려니 시간이 너무 짧다. 그래서 매미 소리는 때로는 구슬프다. 하루살이의 삶이 하찮아 보이고 매미의 죽음을 무심히 넘기지만 우리네 삶도 영원의 관점에서 보자면 하루살이, 매미의 삶과 다름없다. 시간은 사람을 기다려주지 않으며 곧 우리는 어느 순간 죽음을 맞이할 것이다. 풀잎 위 아침 이슬은 해가 뜨면 금방 말라도 내일 아침에 다시 맺히나, 사람은 죽어서 한번 가면 다시는 돌아오지 못한다. 백 년이 지나고 나면 우리는 이 세상에 없고 흔적도 없다. 죽음만큼 무상하고 슬픈 일은 없다. 풀잎 위 이슬만도 못한 인생, 죽음 앞에서 삶은 허무하기만 하다.

그렇지만 죽음 앞에서 무기력하기보다는 죽음을 새로운 희망으로 이해하는 것이 나으리라. 헬렌 니어링은 그의 저서 『아름다운 삶, 사랑 그리고 마무리』에서 죽음에 대해 다음과 같은 이야기를 한다. "나는 바닷가에 서 있다. 내 쪽에 있는 배가 산들바람에 흰 돛을 펼치고 푸른 바다로 나아간다. 그 배는 아름다움과 힘의 상징이다. 나는 서서 바다와 하늘이 서로 맞닿는 곳에서 배가 마침내 한 조각 구름이 될 때까지 바라본다. 저기다. 배가 가버렸다. 그러나 내 쪽의 누군가가 말한다. '어디로 갔지?' 우리가 보기에는 그것이 전부이다. 배는 우리 쪽을 떠나갔을 때의 돛대, 선체, 크기 그대로이다. 목적지까지 온전하게 짐을 싣고 항해할 수 있었다. 배의 크기가 작아진 것은 우리 때문이지, 배가 그런 것이 아니다. '저기 봐! 배가 사라졌다!'라고 당신이 외치는 바로 그 순간, '저기 봐! 배가 나타났다!' 하며 다른 쪽에서는 기쁜 탄성을 올리는 것이다. 그리고 그것이 우리가 죽음이라고 부르는 것이다."

薤上朝露何易晞? 露晞明朝更復落, 人死一去何時歸. (崔豹『古今注』「薤露歌」)

하루살이 같은 삶

동산에 활짝 핀 복사꽃과 오얏꽃
가을이면 졌다가 봄이면 피어나네.
어이하여 하루살이 같은 우리 삶은
한번 떠나가면 다시 오지 못하나?

김시습 『매월당집』 「만사」

　가을이면 나무는 잎을 다 떨구고 앙상한 가지만 남기지만 봄이
되면 다시 꽃을 피우고 가지마다 푸른 잎을 가득 채운다. 하지만
우리네 인생은 한번 가버리면 그뿐, 다시는 살아 돌아올 수 없다.
시간은 되돌릴 수 없고 과거를 후회해 봐야 아무런 의미가 없다.
그때 더 열심히 살았더라면, 그때 더 열심히 준비했더라면, 그때 더
열정적으로 살았더라면… 미련을 이야기해봤자 다 부질없다. 인
생의 큰 비극은, 한번 경험한 일은 결코 되돌릴 수 없다는 것이다.

좋은 날을 헛되이 보내지 말자. 하루에 새벽은 두 번 오지 않는다.

灼灼園中桃與李, 遇秋閑落遇春開. 如何世上蜉蝣壽, 一到黃泉不復
來. (金時習 『梅月堂集』「挽詞」)

가버리는 것을 슬퍼 말라

삶에 반드시 죽음이 있는 것은 낮이 있으면 반드시 밤이 있는 것과 같다. 죽으면 다시는 살 수 없는 것은, 가버리면 다시는 돌아올 수 없는 것과 같다. 살기를 원하지 않는 사람은 없으나 끝내 오래 살게 할 수는 없고, 가버리는 것을 슬퍼하지 않는 사람은 없으나 끝내 가지 않도록 멈추게 할 수는 없다. 오래 살게 할 수 없다면 살기를 원하지 않아도 된다. 가버리지 않게 할 수 없다면 가버리는 것을 슬퍼할 필요는 없다. 그러므로 나는 죽음이 꼭 슬퍼할 일은 아니며 그저 삶이 슬플 뿐이라고 생각한다. 가버리는 것을 슬퍼하지 말고 삶을 슬퍼하라.

이지 『분서』 「가버리는 것을 슬퍼함」

낮이 지나면 밤이 오듯이 삶에는 반드시 죽음이 예정되어 있다. 죽고 나면 다시는 살아날 수 없다. 살기를 원하지 않는 사람은 없겠으나 오래도록 살 수는 없다. 삶은 모호하고 불확실하지만 죽음을 향해 가고 있다는 사실만은 틀림없다. 우리는 하루를 '살았다'고 표현하지만, 과학적으로 보면 죽음에 하루 더 가까워진 것이다.

죽음을 슬퍼하지 않는 사람은 없겠으나 가버리지 않도록 멈추게 할 수는 없다. 그러니 죽음을 슬퍼하지 말자. 불가능한 일에 연연해하며 슬퍼할 필요는 없다. 어쩌면 누구나 공평하게 맞이하는 죽음보다는 고통과 상처로 살아가는 현재의 불공평한 삶이 더 슬픈 것일지도 모른다. 가버리는 것을 슬퍼 말고 지금 여기의 삶을 슬퍼하라.

生之必有死也, 猶晝之必有夜也. 一死之不可復生, 猶逝之不可復還也. 人莫不欲生, 然卒不能使之久生, 人莫不傷逝, 然卒不能止之使勿逝. 旣不能使止久生 則生可以不欲矣. 旣不能使之勿逝 則逝可以無傷矣. 故吾直謂死不必傷, 唯有生乃可傷耳. 勿傷逝, 願傷生也. (李贄『焚書』「傷逝」)

2장

나의 죽음을 들여다보다

타인의 죽음에 대해서는 슬픔을 느끼지만 자기의 죽음에 대해서는 두려움을 느낀다. 내가 죽는다는 것은 사랑하는 모든 존재와의 영원한 헤어짐이며 모든 존재로부터의 망각을 의미한다. 그러나 인간은 자기 죽음을 들여다봄으로써 삶을 더욱 깊이 이해한다.

옛 선현들은 자기의 죽음을 자기가 기록하는 글을 남겨 자신을 객관적으로 들여다보고자 했다. 시는 자만시自挽詩의 형식으로, 산문은 자명自銘이나 자지自誌의 형식으로 자신이 살아온 삶의 자취를 회고하고 자신을 애도하였다. 도연명陶淵明은 자기 죽음을 가상으로 체험하여, 자신이 죽어서 관에 묻히는 과정부터 장례를 치르기까지의 전 과정을 들여다보았다.

나의 삶과 나의 죽음을 들여다보라. 이제 잘 죽는 법을 배우는 일을 더 이상 미룰 수가 없다.

꿈꾸다 죽은 늙은이

나 태어나 사람이 되고 나서

어이해 사람 도리 다하지 못했나?

젊어서는 명예와 이익을 섬겼고,

나이 들어 행동이 갈팡질팡했지.

고요히 생각하니 너무 부끄러운 것은

일찍 깨닫지 못했다는 것.

후회한들 돌이키기 어려워

잠 깨면 방망이질하듯 가슴이 심하게 요동치네.

더욱이 충과 효를 다하지 못했으니,

이 밖에 무엇을 따지겠는가?

살았을 땐 하나의 죄인이고,

죽어서는 궁한 귀신 되겠구나.

다시 또 헛된 명예 솟아오르니

돌이켜 보면 걱정 근심만 더할 뿐이네.

나 죽은 뒤 무덤에 표시할 적에

'꿈꾸다 죽은 늙은이'라 써야 하리.

거의 내 마음을 이해한 것이니

천년 뒤 이 마음 알아주는 이 있으리라.

김시습 『매월당집』 「나 태어나」

후회 없이 사는 인생이 몇이나 될까? 처음엔 뜻이 높고 이상도 컸지만, 명예와 이익을 좇느라 젊은 시절을 보내고, 해야 할 일과 하지 말아야 할 일 사이에서 갈팡질팡했던 장년 시절을 거치고 나면 어느덧 늙음이 기다리고 있다. 삶을 후회한들 시간을 돌이킬 수는 없다. 인간이라면 마땅히 지켜야 할 기본 윤리를 지켜왔는가 생각해 보면 그마저 부끄럽다. 흰머리가 하나둘 늘어가면서도 여전히 헛된 명예에 연연해하는 나. 그럼에도 가슴 깊은 곳에 새겨왔던 꿈을 잃지는 않을 것이다. 나 죽은 뒤에 '꿈꾸다 죽은 늙은이'라 써 준다면 내 뜻을 이해한 것이라 하겠다.

매월당 김시습이 오십 대 초반에 쓴 시이다. 그는 어린 시절부터 전국에 신동으로 널리 알려진 인재였다. 하지만 그가 스물한 살 때, 수양대군이 단종을 몰아내고 권력을 잡았다. 이에 절망한 김시습은 공부하던 책을 모두 불사른 뒤 평생 전국을 떠돌며 살았다. 그는 이상과 현실의 괴리에서 번민하면서 평생을 여기저기 떠돌다가 세상을 마쳤다. 비록 오늘은 무얼 먹고 내일은 어디에서 자야 할지 미래를 기약할 수 없는 신세였지만 이웃과 백성의 삶을 아파하는 삶을 살다 갔다. 자기 울타리에서 벗어나 이웃과 사회를 위해 고민했다. 그는 자신의 바람대로 꿈꾸다 죽은 늙은이였다.

我生旣爲人, 胡不盡人道. 少歲事名利, 壯年行顚倒. 靜思縱大恧, 不能悟於早. 後悔難可追, 寤擗甚如擣. 況未盡忠孝, 此外何求討. 生爲一罪人, 死作窮鬼了. 更復騰虛名, 反顧增憂惱. 百歲標余壙, 當書夢死老. 庶幾得我心, 千載知懷抱. (金時習『梅月堂集』「我生」)

밝은 달 실컷 보리

한평생 근심하며 보내느라
밝은 달 제대로 보지도 못했네.
그곳에선 영원히 오래 마주할 테니
저승 가는 이 길이 나쁜 것만은 아니구려.

이양연 『임연당집』「병이 위독해져」

　어릴 적엔 밤마다 옥상에 누워 밝은 달과 무수한 별을 올려다
보곤 했다. 달과 별은 꿈이었고 희망이었다. 젊은 날에 도시로 나
가 어렵사리 적응하고, 생존에 허덕이고 관계에 서툰 삶을 살다
보니 하늘을 올려다본 기억이 가물가물하기만 하다.
　이양연은 노년에 병이 깊어져 죽음을 앞두고서야 비로소 삶과
죽음을 성찰한다. 그동안 생활을 근심하며 살아가느라 밝은 달
조차 올려다본 적이 없었다. 곧 가는 곳은 영원한 평안과 쉼이 있

는 곳. 그곳에선 아무런 근심 없이 밝은 달을 실컷 올려다볼 수 있으리라. 그렇다면 저세상으로 가는 이 길이 꼭 싫지만은 않구나.

一生愁中過, 明月看不足. 萬年長相對, 此行未爲惡. (李亮淵 『臨淵堂集』 「病革」)

초목과 함께 썩으리

행실은 남을 뛰어넘지 못했고
덕은 남에게 미치지 못했네.
강호에서 늘그막을 보내나니
해와 달은 깨끗하기도 하다.
살아서 세상에 도움을 주질 못했으니
죽어서 후세에 이름을 못 전하겠네.
애오라지 조화를 따라 생애를 마쳐서
기꺼이 초목과 함께 썩으리라.

김임 『야암집』 「나를 애도하다」

선한 일 하며 살아가기를 바랐지만, 삶은 자기 한 몸 돌보기도
녹록지 않다. 그러는 사이 이러구러 세월은 흘러 늙고 말았다. 돌
아보면 남보다 나은 행실을 보인 것 같지도 않고, 남에게 좋은 은

덕을 끼친 것 같지도 않다. 전원으로 돌아와 사노라니 해와 달은 맑기만 하다. 보탬이 되는 삶도 살지 못했고 후세에 이름을 남길 업적을 끼친 것도 없으니 자연의 순리를 따라 살다가 나무와 함께 썩을 것이다.

김임이 쓴 자만시이다. 자만시는 생전에 자기 자신을 애도하는 시를 말한다. 그는 살아서 제대로 이룬 것 없이 늙어가는 자신의 삶을 성찰한다. 세상에 보탬이 되는 일을 하지 못했으니 기꺼이 자연과 더불어 흙으로 돌아가겠다는 초연한 태도를 드러내고 있다.

김임이 늙어 병이 들었을 때 제자들이 약 들기를 요청했다. 하지만 그는 거절하며 말했다. "어찌 약을 먹어서 생명을 연장하겠느냐?" 위의 자만시를 짓고 나서는 자식에게 다음과 같이 당부했다. "너희 아비의 평생 행적이 이 가운데 다 들어 있으니 굳이 남에게 요청해서 과장할 필요 없다." 그리곤 예순넷의 나이로 세상을 떠났다.

行不逮人, 德無及物. 送老江湖, 瀟洒日月. 生無益於世, 死無聞於後. 聊乘化而歸盡, 甘與草木同腐. (金恁『野庵集』「自挽」)

나의 죽음을 슬퍼하며

자연의 조화 따라 죽음으로 돌아가리니

육십 인생을 감히 짧다 하랴.

다만 스승과 벗을 잃게 되고

남길 만한 선행 없음이 한스럽다.

혼은 흩어져 어디로 가나?

무덤 앞 나무에선 바람이 울부짖네.

사는 동안 나 알아주는 이 없었으니

누가 곡하며 내 죽음 애도하랴.

설령 아내와 자식이 운다고 해도

어두운 땅속에서 내 어찌 들으랴.

귀한 자의 영화도 살피지 않았는데

천한 자의 욕됨을 어찌 알랴.

푸른 산 흰 구름 속에

돌아가 누우면 부족함 없으리.

최기남 『구곡시고』 「나의 죽음을 슬퍼하며」

죽음은 사랑하는 이들을 먼저 떠나보내다가 끝내는 내가 떠나가는 일이다. 자신이 죽을 때는 많은 이들이 애도하기를 바라지만 내가 남에게 베푼 것이 적고 나를 알아주는 이도 없었으니 누가 내 죽음에 대해 진심으로 슬퍼한단 말인가? 설령 아내와 자식을 비롯한 가족이 슬퍼해 준다 해도 나는 이미 땅속에 묻혀 있으니 알 길도 없는 것이다. 잘되거나 못 되는 것, 기림을 받거나 욕을 얻는 것, 굳이 알려고 할 것도 없고 따지려고 할 것도 없다. 인생은 그저 형편대로 살다가 푸른 산 흰 구름 속에 묻혀 죽으면 그뿐, 조건에 연연하며 살아갈 건 없다.

최기남이 예순셋에 쓴 시이다. 시인은 몇 해 전부터 왼쪽 귀가 먹어 소리를 잘 구별하지 못했고, 이제는 오른팔에 탈이 생겨 굽히거나 펴지도 못했고, 침과 뜸으로 치료도 해보고 약도 먹어 보았지만 병은 낫지 않았다. 기력이 점점 쇠해져 간다는 걸 느낀 시인은 태어나 늙고 병들어 죽는다는 말이 거짓이 아님을 실감했다. 이에 도연명의 「자만시」를 읽고 슬픈 감정이 일어나 마음을 달래려고 쓴 시이다. 중인이라는 신분의 한계로 인해 가난한 삶을 살아간 시인의 삶이 은연중에 스며 있다. '천한 자의 욕됨'은 그 자신의 삶을 말한 것일 터이니, 영화롭게 살든 곤궁하게 살든 뭐가 대수냐는 자기 위로가 묻어난다.

乘化會歸盡, 六十敢言促. 但恨失師友, 無善可以錄. 游魂散何之, 風號墓前木. 在世無賞音, 吊我有誰哭. 縱有妻兒啼, 冥冥我何覺. 不省貴者榮, 焉知賤者辱. 靑山白雲中, 歸臥無不足. (崔奇男『龜谷詩稿』「和陶靖節自挽詩三章」)

그저 흙일 뿐!

재주도 없고

덕도 없으니

평범한 사람일 뿐.

살아서는 벼슬 없고

죽어서는 이름 없으니

그저 넋일 뿐.

근심과 즐거움 다하고

헐뜯음과 기림도 사라졌으니

흙에 불과할 뿐.

이홍준 『눌재선생유고』「나의 묘지명」

대부분의 평범한 인생은 특별한 재주를 지닌 것도 없고 그렇다고 큰 덕을 베푸는 것도 아니다. 평범한 소시민으로 살다 떠날 뿐이다. 또 평생 좋은 직업을 갖지도 못하고 큰 발자취를 남길 만큼 명성을 남기지도 못한다. 그저 아등바등 수많은 인간 군상 중의 하나로 살다 죽어 넋이 될 뿐이다. 죽고 나면 생전의 즐거웠던 일과 괴로웠던 일은 다 허공에 사라지고 나를 칭찬하던 말과 헐뜯는 말도 다 소멸해 버리고 육신은 그저 흙으로 돌아갈 뿐이다. 나란 존재는 아무리 대단한 삶을 살다 간들 죽으면 그저 하나의 흙덩어리일 뿐이다.

눌재 이홍준이 죽음을 미리 준비하며 쓴 자찬自撰 묘지명이다. 그는 평생 벼슬이 진사에 그쳤으며 별다른 이름을 남기지 못한 채 세상을 떠났다. 우리네 평범한 인생이 다 그러하다. 물론 가끔 특별한 재주를 지닌 이도 있고 큰 덕망을 갖춘 사람도 있을 것이다. 그들은 죽어서도 후세에 오랫동안 이름을 남길지 모른다. 하지만 그런다고 해서 무슨 대수겠는가? 죽으면 모든 인간은 현자든 어리석은 자든, 부자든 가난한 이든 똑같이 한 줌 흙으로 돌아간다. 죽음은 사람을 차별하지 않는다. 그래서 죽음은 세상에서 가장 공평한 진리, 곧 공도公道가 된다.

旣無才, 又無德, 人而已. 生無爵, 死無名, 魂而已. 憂樂空, 毁譽息, 土而已. (李弘準『訥齋先生遺稿』「自銘」)

근심 속에 즐거움 있다

태어나선 크게 어리석었고, 자라서는 병도 많았지.

중년엔 어이해 배움을 좋아했으며,

늙어서는 어이해 벼슬을 탐냈던가.

학문은 구할수록 더욱 아득해지고,

벼슬은 마다할수록 더욱 얽혔지.

세상에 나아가면 헛디뎠고, 물러나 지내면 올곧았다네.

나라 은혜에 너무 부끄럽고, 성인 말씀 참으로 두렵구나.

산은 높이 솟아있고, 물은 끊임없이 흐르는 곳.

벼슬 던지고 한가롭게 지내니, 사람들 비난이 사라졌구나.

내 품은 생각 여기서 그친다면, 내 지닌 뜻 누가 즐기리.

내 고인을 생각하니, 진실로 내 마음을 얻었구나.

다음 세상에서, 어찌 오늘의 내 마음 모른다고 하리.

근심 속에 즐거움 있고, 즐거움 속에 근심 있다.

자연의 조화 따라 저세상으로 갈 것이니, 다시 무엇을 구하랴?

이황 『퇴계집』「묘갈명」

퇴계 이황은 율곡과 더불어 조선의 성리학을 대표하는 큰 학자이다. 동방의 주자로 불리며 영남학파의 비조鼻祖이기도 하다. 인품이 훌륭하여 평생 검소하게 살았으며 벼슬에 연연하지 않았다. 벼슬을 마다하고 고향으로 내려가도 조정에서 계속해서 불러냈는데 그때마다 사양했다. 퇴계가 벼슬을 사퇴한 횟수는 79차례에 이른다고 한다. 그는 늘그막까지 작은 초가에서 살았으며 조정에 들어갈 때 입는 옷은 한 벌 뿐이었다고 한다.

　윗글은 퇴계가 자신의 일생을 정리한 자찬 묘지명이다. 4언 24구, 96자의 간결한 글에 자신의 삶을 요약했다. 벼슬길이 잘못된 길이고 물러나 은거하는 삶이 올바른 길이라는 평소 태도가 잘 담겨 있다. 권력을 이용해 부귀를 누리고 싶은 것이 인지상정이지만 퇴계는 청빈한 삶을 선택했다. 퇴계는 벼슬을 욕망한 세속인이 아니라 자연과 더불어 사는 삶을 꿈꾼 은자隱者였다.

　퇴계는 자신이 죽으면 장례를 성대하게 치르지 말고, 비석도 세우지 말며, 묘비명은 간단히 쓰도록 유언을 남겼다. 스스로 묘비명을 쓴 것은 남이 써서 실상보다 지나치게 미화하여 과장되지 않도록 하기 위함이었다. 퇴계는 임종 직전엔 깨끗이 자리를 정돈한 후 자리에 기대어 앉아 "저 매화에 물을 주어라."라는 말을 남긴 채 숨을 거두었다. 매화를 깊이 사랑한 까닭이었다. 음력 1570년 12월 8일, 향년 70세. 눈발이 흩날리는 저녁 무렵이었다.

生而大癡, 壯而多疾. 中何嗜學, 晩何叨爵. 學求猶邈, 爵辭愈嬰. 進行之跲, 退藏之貞. 深慙國恩, 亶畏聖言. 有山嶷嶷, 有水源源. 婆娑初服, 脫略衆訕. 我懷伊阻, 我佩誰玩. 我思古人, 實獲我心. 寧知來世, 不獲今兮. 憂中有樂, 樂中有憂. 乘化歸盡, 復何求兮. (李滉『退溪集』「墓碣銘」)

관속에 나를 묻다

삶이 있으면 반드시 죽음이 있는 법, 일찍 죽는다고 명 짧다 못하리.

어제저녁에는 같은 산 사람이었는데, 오늘 아침에는 귀신 명부에 올라 있구나.

혼백은 흩어져 어디로 가나? 마른 몸뚱이 관 속에 누이네.

귀여운 아이는 아비 찾아 슬피 울고, 좋은 벗은 나를 어루만지며 곡하누나.

이익과 손해를 다시는 알지 못하리니, 옳고 그름은 어찌 깨달으랴?

천년만년 지난 후에 누가 영화와 욕됨을 알겠는가!

다만 한스럽기는 세상 살 때 흡족하게 마시지 못한 것이라오.

도연명 『도연명집』 「의만가사」 1수

모든 생명은 태어나면 반드시 죽는다. 길고 짧은 차이는 있을망정 언젠가 반드시 죽는다는 사실만큼은 분명하다. 인생은 아무리 길게 살아야 고작 백 년이다. 우주의 관점에서 보면 십 년이든 백 년이든 하나의 점에 불과하다. 그러니 조금 일찍 죽었다고 해서 명이 짧았다고 한탄할 것도 못 된다.

　어제의 나는 살아있는 사람이었는데 오늘 나는 죽고 말았다. 혼백은 뿔뿔이 흩어져 버리고 나의 육신은 관속으로 들어갔다. 사랑하는 자식은 나를 부르며 애타게 울고 생전의 좋은 벗들은 내 관을 어루만지며 이별을 고한다. 그러나 이제 나는 죽은 몸이니 다시는 이해득실을 따질 일도 없고 옳으니 그르니 골치 아픈 일도 없을 것이다. 사는 날 동안 화려하게 살았다고 한들 천년 뒤엔 아무런 흔적이 없고, 사는 날 동안 욕되게 살았다고 한들 천년 뒤엔 아무런 기억조차 없다. 그러니 영화와 욕됨을 따지는 것도 의미 없고 무엇을 얻고 잃었는지를 따지는 일도 무의미하다. 오직 삶에 쫓기느라 마음껏 술을 마셔본 적이 없다는 점이 아쉬울 뿐.

　이 글은 도연명이 자신의 죽음을 가정하고 쓴 의만가사이다. 죽은 이를 애도하는 노래인 만가挽歌를 본떠 쓴 글이란 뜻이다. 도연명은 자신이 죽고 나서 관에 묻히는 상황과 감정을 노래하고 있다. 그는 술을 사랑한 시인이다. 술값을 벌기 위해 관직에 나섰다고 고백하기까지 했다. 그런 그가 술을 마음껏 마시지 못했을

리가 없다. 술을 흡족하게 마시지 못한 것이 제일 한스럽다 했으니 아무리 마셔도 취하지 않았다는 사실을 반어적으로 보여준다고 하겠다.

有生必有死, 早終非命促. 昨暮同爲人, 今旦在鬼錄. 魂氣散何之, 枯形寄空木. 嬌兒索父啼, 良友撫我哭. 得失不復知, 是非安能覺. 千秋萬歲後, 誰知榮與辱. 但恨在世時, 飮酒不得足. (陶淵明『陶淵明集』「擬挽歌辭」1수)

나를 매장하는 풍경

황폐한 풀 어이해 우거졌는가, 백양나무도 쓸쓸하게 서 있구나.

된서리 내리는 구월에, 나를 전송하러 멀리 교외로 나왔구나.

사방에 사람의 집은 없고, 높은 무덤 우뚝 삐뚤 솟아있구나.

말은 하늘 보며 울부짖고 바람은 절로 스산하게 부네.

무덤 구멍 한번 닫히면, 영원히 다시는 아침을 맞지 못하네.

영원히 다시는 아침을 맞지 못하리니 현자와 달인도 어쩔 수 없어라.

여태껏 나를 전송해준 사람들 각기 자기 집으로 돌아가누나.

지인은 혹 슬픔이 남았겠지만, 누군가는 이미 노래 부르네.

죽고 나면 더는 말할 수 없어, 몸을 맡겨 산의 흙과 같아지리라.

도연명『도연명집』「의만가사」3수

도연명이 자신의 죽음을 가정하고 쓴 의만가사 3수이다. 자신이 황량한 교외에 매장되는 상황과 주변 풍경을 노래하고 있다. 자신이 묻힌 곳은 인가에서 멀리 떨어진 황량한 교외이다. 주인 잃은 말은 허공 향해 슬피 울고 바람은 스산하다. 이제 무덤의 관이 닫히면 영원히 해 뜨는 아침을 맞이할 수 없게 될 것이다. 아무리 위대한 현자와 인생의 이치를 깨달은 달사達士일지라도 죽음만은 되돌릴 수가 없다. 내 죽음을 마지막으로 배웅 나온 사람들도 뿔뿔이 흩어졌다. 친척 중에는 슬픈 감정이 남아 있는 이도 있겠지만 나와 관계가 깊지 않은 누군가는 이미 나를 잊고 즐거이 노래를 부를 것이다. 죽고 나면 나를 사랑했던 사람들도 내 기억을 서서히 망각해갈 터이니 인생은 본디 허무한 것이다. 죽으면 더 이상은 아무런 말도 할 수 없는 시신이 될 터이니 나의 육신을 산에 맡겨 흙이 되리라.

荒草何茫茫, 白楊亦蕭蕭. 嚴霜九月中, 送我出遠郊. 四面無人居, 高墳正嶕嶢. 馬爲仰天鳴, 風爲自蕭條. 幽室一已閉, 千年不復朝. 千年不復朝, 賢達無奈何. 向來相送人, 各已歸其家. 親戚或餘悲, 他人亦已歌. 死去何所道, 託體同山阿. (陶淵明『陶淵明集』「擬挽歌辭」3수)

참세상으로 돌아가리

쉰아홉 나이 짧게 산 것 아니니
인간사 영광과 욕됨을 두루 겪었네.
만물 변화 관찰하고 참세상으로 돌아가니 내 무얼 한하리오.
돌아가 부모님 모시며 두 아이를 보리라.

현덕승 『희암유고』 「나를 애도하다」

　이승의 삶은 괴롭고 힘든 것이다. 즐거운 날들도 있었지만 사는 일이 만만치는 않았더라. 이제 환갑을 앞두고 보니 인생을 충분히 살았음을 알겠다. 인생의 쓴맛과 좋은 맛을 두루 겪고 늙었으니 더 이상 삶에 미련은 없다. 세상 돌아가는 이치도 깨닫고 다툼이 없는 참세상으로 돌아갈 터이니 후회도 없다. 저세상으로 돌아가 먼저 기다리고 있을 부모님과 두 아이를 만나 참된 행복을 누리며 살아가리라.

현덕승玄德升(1564-1627)은 임진왜란을 겪었고 벼슬살이도 했지만, 파직과 탄핵도 두루 경험한 인물이다. 권력의 영화와 무상함을 모두 맛보았으니 그에게 남은 일은 고향으로 돌아가 조용히 사는 것이었다. 그는 이 시에 대해 "부모님은 이미 장례를 지냈고 두 자식도 잃은 까닭에 마지막 구절을 말한 것이다."라고 적었다. 죽어서 그리운 이들을 만날 수 있다면, 죽음은 두려움이 아닌 기대하는 일이 된다.

五十九齡非短促, 人間榮辱備嘗之. 返眞觀化吾何恨, 歸侍雙親見兩兒. (玄德升『希菴遺稿』「自挽」)

오늘 밤은 누구 집에서 묵을까

둥둥둥 북소리는 사람 목숨 재촉하는데,
고개를 돌려보니 해는 지려 하는구나.
저승엔 주막 하나 없다는데,
오늘 밤은 누구 집에서 묵으려나.

성삼문 「절명시」

사육신의 한 사람인 성삼문이 처형장으로 끌려갈 때 지은 절명시이다. 절명시는 목숨이 끊어지기 전에 혹은 목숨을 끊기 전에 쓴 시를 말한다. 형장으로 끌려가는 이의 비장하면서도 의연한 태도가 엿보이나 읽는 사람에게는 쓸쓸하고 애틋하며 비통한 마음을 불러일으킨다.

문종의 뒤를 이어 열두 살의 단종이 왕위에 오르자 숙부인 수양대군이 조카인 단종을 쫓아내고 왕의 자리에 올랐다. 성삼문,

박팽년 등 집현전 학자들이 단종 복위를 모의했으나 밀고자가 생겨 발각되고 말았다. 성삼문은 달군 인두로 살을 지지는 혹독한 고문을 당하면서도 의연하게 세조의 불의를 꾸짖었다. 그는 결국 온몸을 찢어서 죽이는 거열형을 당했다. 가문은 젖먹이 자식까지 포함해 남자들은 모두 죽임을 당했고 여자들은 모두 노비가 되었다.

　그가 형장으로 끌려갈 때 대여섯 살 되는 딸이 울면서 수레를 따라갔다. 성삼문은 딸을 돌아보며 달래주었다. "사내자식은 다 죽을 것이나 너는 딸이라서 살 것이다." 관련 내용이 『연려실기술燃藜室記述』「단종조 고사본말端宗朝故事本末」에 전한다. 다른 문헌에서는 중국인 손궤孫蕡의 작품으로 보기도 한다.

擊鼓催人命, 回頭日欲斜. 黃泉無一店, 今夜宿誰家. (成三問「絶命詩」)

3장
가족의 의미를 돌아보다

가까운 이가 떠나면 비로소 빈자리의 무게를 실감한다. 흔히 가장 친밀하고 사랑하는 관계가 가족이기에 가족의 죽음이 주는 상실감은 크고도 깊다. 부모, 배우자, 자식, 형제자매의 죽음은 남은 가족에게 견디기 힘든 슬픔과 고통을 안겨준다.

특히 자식을 잃는 슬픔은 세상에서 가장 참혹한 슬픔이며 가장 가혹한 형벌이다. 부모는 죽으면 땅에 묻지만, 자식은 가슴에 묻는다. 부모는 자식을 잃으면 당신이 하늘에 죄를 지어 그 벌이 자식에게 옮겨갔다는 죄책감을 평생 안고 살아간다. 남은 삶은 사랑하는 자식을 하늘에서 만나기 위한 견딤의 시간이 된다.

사랑하는 피붙이를 떠나보낸, 남은 자의 아픔을 통해 가족의 의미를 떠올려 본다.

내 아들아 나를 버리고 어디로 갔느냐

14일. 맑다. 새벽 두 시경에 꿈에서 내가 말을 타고 언덕 위를 가다가 말이 발을 헛디디는 바람에 냇물에 떨어졌는데 고꾸라 지지는 않았다. 막내아들인 면이 나를 부축하여 끌어 앉는 듯 했는데 그 순간 깨고 말았다. 이것이 무슨 징조인지 모르겠다. 저녁에 한 사람이 천안으로부터 와 집에서 보낸 편지를 전해주었다. 편지 봉투를 뜯기도 전에 온몸이 먼저 떨리고 정신이 아찔하고 어지러웠다. 대충 겉봉을 뜯고 둘째 아들 열이 쓴 글을 보니 겉면에 '통곡' 두 자가 쓰여 있었다. 막내 면이 왜적과 싸우다 죽었다는 것을 알았다. 어느새 간과 쓸개가 떨어진 듯 목 놓아 통곡하고 통곡하였다. 하늘이 어찌하여 이다지도 어질지 못하단 말인가? 내가 죽고 네가 사는 것이 이치에 마땅한데 네가 죽고 내가 살았으니 이처럼 어긋난 이치가 어디에 있단 말인가? 하늘과 땅이 깜깜하고 해조차 빛이 변했구나. 슬프다. 내 아들아! 나를 버리고 어디로 갔느냐? 남달리 총명하여 하늘이 이 세상에 머물게 하지 않은 것이냐! 내가 지은 죄로 인

해 재앙이 네 몸에 미친 것이냐! 내 이 세상에 살아간들 장차
누구에게 의지한단 말이냐? 울부짖으며 통곡할 뿐이로구나!
하룻밤 보내기가 일 년과 같구나.

이순신 『난중일기』 1597년 10월 14일 일기

임진왜란 때 거북선을 만들어 왜적을 무찌른 성웅聖雄 이순신.
부하들에겐 칼같이 냉정하고 왜적과의 싸움에서는 단호한 결기
를 내비쳤던 충무공도 자식 앞에서는 따뜻한 아버지였다. 충무공
은 자식 가운데서도 특히 막내아들인 면을 아꼈다. 한창 전쟁 중
에도 면이 병에 걸렸다는 소식을 들으면 마음을 졸이며 아들의 병
세를 염려했다.

1597년 왜적은 충무공의 고향인 아산까지 쳐들어왔다. 고향을
지키고 있던 면은 왜적과 맞서 싸우다가 왜적의 칼에 맞아 죽고
말았다. 그때 면의 나이 스무 살이었다. 새벽에 불길한 꿈을 꾸었
던 충무공에게 막내아들 면이 전사했다는 소식이 전해졌다. 그때
의 감정을 충무공은 "순식간에 간과 쓸개가 떨어진 듯하여 목놓
아 통곡하고 통곡하였다"라고 고백했다. 그는 "내가 지은 죄로 인
해 재앙이 네 몸이 미친 것이냐!"라며 울부짖으며 통곡했다. 부모
는 자식을 잃으면 당신이 하늘에 큰 죄를 지어 그 벌이 자식에게

옮겨간 것이라는 죄책감을 평생 짊어지는 것이다.

매서운 장군도 자식의 죽음 앞에서는 그저 자책하며 통곡할 수밖에 없는 평범한 아버지가 된다. 눈에 넣어도 아프지 않을 자식이 자신보다 먼저 떠났을 때 부모 마음은 어떠할까? 이 세상에 자식을 앞세운 한보다 깊은 슬픔이 있으랴!

十四日辛未. 晴. 四更, 夢余騎馬行邱上, 馬失足落川中而不蹶. 末豚菀似有扶抱之形而覺, 不知是何兆耶? 夕有人自天安來傳家書. 未開封, 骨肉先動, 心氣慌亂. 粗展初封, 見葆書則外面書痛哭二字, 知菀戰死. 不覺墮膽失聲, 痛哭痛哭. 天何不仁之如是耶? 我死汝生, 理之常也, 汝死我生, 何理之乖也? 天地昏黑, 白日變色. 哀我小子! 棄我何歸? 英氣脫凡, 天不留世耶. 余之造罪, 禍及汝身耶. 今我在世, 竟將何依? 號慟而已. 度夜如年. (李舜臣『亂中日記』 1597년 10월 14일)

나는 죽고 그대는 살아남아

어찌하면 월하노인 통해 저승에 하소연해

다음 세상에는 우리 부부 바꾸어 태어날까?

나는 죽고 그대는 천 리 밖에 살아남아

이 마음 이 슬픔을 그대에게 알게 하리.

김정희 『완당전집』「아내를 애도하며」

　　제주도에 귀양살이하던 추사 김정희에게 아내가 죽었다는 부음이 전해졌다. 추사는 첫째 아내가 죽고 나서 둘째 아내인 예안 이씨와 결혼했는데, 둘은 금슬이 무척 좋았다. 평소에도 추사는 아내에게 자신보다 꼭 늦게 죽어야 한다고 농담조로 말하곤 했다. 아내는 추사가 제주도로 귀양 간 후 집안의 온갖 일들을 홀로 책임졌고 때마다 추사에게 반찬과 옷가지를 보냈다. 추사도 이에 질세라 틈만 나면 아내에게 한글로 된 편지를 써서 보냈다.

하지만 지병이 있던 아내는 추사가 귀양 간 지 2년 되던 해에 세상을 떠나고 말았다. 한양과 제주도는 거리가 멀었던 탓에 아내가 죽은 지 한 달 뒤에야 추사에게 부음이 전해졌다. 천 리 떨어진 망망한 곳에서 뒤늦게야 아내의 비보를 들은 추사의 심정은 오죽했으랴. 유배객의 신세였기에 아내의 무덤으로 달려갈 수도 없었다. 추사는 애도 시를 지어 절절한 마음을 노래했다. 추사는 다음 생애엔 부부의 인연을 맺어준다는 월하노인에게 부탁해 부부가 바꾸어 태어나도록 하고 싶다고 호소했다. 그리하여 자신은 죽고 아내는 천 리 밖에서 살아남아 지금의 이 마음과 슬픔을 아내에게 느끼게 하고 싶다고 하소연했다. 아내에 대한 극진한 사랑과 미안함을 이토록 절묘하게 표현한 시가 있을까 싶다.

시의 제목은 도망悼亡이다. 도망은 세상을 떠난 아내를 애도하는 시를 뜻한다. 중국 서진西晉의 문인 반악潘岳이 아내가 죽자 아내를 추모하는 마음을 담아 「도망」 시 3수를 지었다. 이후 죽은 아내를 애도하는 시를 도망이라 부르게 되었다.

那將月姥訟冥司, 來世夫妻易地爲. 我死君生千里外, 使君知我此心悲. (金正喜『阮堂全集』「悼亡」)

서럽다 광릉의 땅이여

지난해엔 사랑하는 딸을 떠나보내고

올해엔 사랑하는 아들 잃었네.

서럽고 서럽다, 광릉의 땅이여.

너희 두 무덤이 마주하고 있구나.

백양나무 쓸쓸히 바람에 흔들리고

도깨비불 환하게 나무들 비추네.

종이돈 태워 너희들 넋을 부르고

너희들 무덤에 냉수 뿌린다.

알겠구나, 너희 남매의 혼이

밤마다 서로 어울려 논다는 걸.

비록 배 속에 아이 있지만

어찌 잘 자라길 바랄 수 있을까?

부질없이 황대사黃臺詞 읊노라니,

슬픔 머금고 피눈물 흘리네.

허난설헌 『난설헌집』 「자식을 애도하다」

부모는 죽으면 땅에 묻지만, 자식은 죽으면 가슴에 묻는다고 했다. 사랑하는 딸과 아들을 연이어 떠나보낸 부모의 마음은 오죽하랴? 서럽고 또 서러우리라. 두 자녀가 마주 보며 묻힌 곳 광릉의 땅. 예부터 무덤 주변에 흔히 심었던 백양나무만이 쓸쓸하게 바람에 나부끼고 도깨비불은 온갖 나무를 비추고 있다. 자식의 넋을 위로하는 제의祭儀를 치루면서 두 남매의 혼이 같이 어울려 놀기를 바랄 뿐이다. 한순간 황망하게 떠난 자식을 생각하니 지금 배 속에 또 잉태한 아기는 잘 자랄지 불안하기만 하다. 부질없이 슬픈 노래를 읊조리노라니 피눈물이 나와 비통함에 목이 멘다.

　허난설헌은 뛰어난 재능을 지녔으나 여성이라는 이유로 차별받다가 간 비운의 시인이다. 본명은 허초희許楚姬이고 허균의 누나이다. 그녀는 15살에 한 살 위인 김성립과 결혼했다. 시댁 식구들은 툭하면 구박했고 남편은 밖으로 돌아다녔다. 그녀의 삶을 더욱 비통하게 했던 것은 사랑하는 두 자녀를 연이어 떠나보낸 일이었다. 두 자녀를 낳았지만 19살 때에 딸을 잃고 연이어 다음 해에 아들 희윤마저 세상을 떠났다. 구체적인 정황은 알 수 없지만 짐작건대 병에 걸려 죽었을 것이다. 두 자식은 광릉 땅에 나란히 묻혔다. 광릉은 지금의 경기도 광주시 초월읍 지월리에 있다. 27살에 요절한 허난설헌 자신도 이곳에 묻혔다.

　가정생활도 원만하지 못한 상황에서 금지옥엽 두 자식을 잃은 엄마의 마음은 어떠했을까? 「황대사」는 당나라 고종의 둘째 아들이었던 태자 현이 자기 형제들을 죽이려 했던 계모 측천무후의 계략을 아버지에게 알려주려고 만든 노래이다. 그러나 고종은 아들이 만든 노래의 뜻을 깨닫지 못했고 결국 태자 현은 쫓겨나 측천무후의 손에 죽고 말았다. 허난설헌이 황대사를 읊조린 건 시집살이의 억울함을 하소연하고 싶었던 것은 아니었을까?

去年喪愛女, 今年喪愛子. 哀哀廣陵土, 雙墳相對起. 蕭蕭白楊風, 鬼火明松楸. 紙錢招汝魂, 玄酒奠汝丘. 應知弟兄魂, 夜夜相追遊. 縱有腹中孩, 安可冀長成. 浪吟黃臺詞, 血泣悲吞聲. (許蘭雪軒『蘭雪軒集』「哭子」)

나의 어머니

그릇을 씻다가 내 어머니를 생각하면 아침저녁 끼니도 잇지 못할 양식으로 음식을 준비하시던 일이 떠오르지 않을 수가 없으니, 다른 사람도 그렇겠는가? 옷걸이를 어루만지다 내 어머니를 생각하면 못쓰게 된 솜으로 늘 추위와 바람을 막아줄 옷을 다 지어주시던 일을 떠올리지 않을 수 없으니, 다른 사람도 똑같은 일이 있었겠는가? 등불을 걸다가 내 어머니를 떠올리면 닭이 울 때까지 잠 못 이루시며 무릎을 굽혀 삯바느질하시던 모습이 생각나지 않을 수 없으니, 다른 사람에게 이런 경험이 있겠는가?

상자를 열다가 어머니의 편지를 발견해, 자식이 먼데 나가 노는 데 대한 걱정을 술회하시고 헤어져 있는 괴로움을 말씀하신 대목을 보면 넋이 녹고 뼈가 저미지 않을 수 없어, 갑자기 차라리 몰랐으면 싶다. 어머니 연세와 내 나이를 손꼽아 세어 보니 돌아가신 어머니 연세는 겨우 48살이고 나는 24살이니, 슬피 머뭇거리며 길게 부르짖으며 비 오듯 눈물을 흘리지 않을 수가 없구나.

박제가 『초정전서』 「풍수정기 뒤에 쓰다」

스물네 살의 박제가가 마흔여덟의 나이로 세상을 떠난 어머니를 그리워하며 쓴 글이다. 서얼이었던 박제가는 그의 나이 11살 때 아버지를 여의었다. 본가에서 쫓겨난 박제가의 어머니 이 씨는 자식을 제대로 가르치기 위해 무던히 애썼다. 주변에 명사名士가 있으면 집으로 초대해서 푸짐하게 상을 차려 자식과 대화를 나누도록 했다. 풍성한 대접을 받은 사람들은 박제가가 가난하다는 사실을 전혀 눈치채지 못했다. 박제가의 말에 따르면 어머니는 온전한 옷을 걸쳐본 적이 없고, 좋은 음식을 먹은 적이 없다. 이 씨는 새벽까지 잠도 못 자면서 바늘 품을 팔아 자식을 공부시켰다.

매일 밤늦도록 허드렛일을 하던 이 씨는 박제가가 스물네 살(1773년)이던 겨울에 허약해진 몸을 이기지 못하고 끝내 세상을 떠나고 말았다. 집안의 생계를 떠맡은 가장으로서, 자식의 성공과 살아갈 방도를 위해 새벽까지 삯바느질하던 어머니는 자식의 성공도 보지 못한 채 눈을 감고 말았다. 박제가에게 어머니는 생계를 위해 새벽까지 잠 못 들고 일만 하시던 분이었다. '다른 사람도 그랬겠는가?'라는 말을 세 번 반복하는 대목에 이르면 평생 고생만 하다 돌아가신 어머니에 대한 한과 그리움이 몹시 절절하다.

박제가는 어머니 유품을 열었다. 편지 한 통이 나왔다. 예전에 그가 먼 곳으로 여행 갔을 때, 몸조심하라며 걱정하시던 어머니의 편지였다. 애타는 어머니의 마음을 읽으니 넋이 녹고 뼈가 저려와 차마 편지를 몰랐으면 싶다. 자식이 되어 어머니를 위해 한 것이 아무것도 없다는 죄책감, 고생만 하다가 돌아가신 어머니에 대한 한이 밀려와 박제가는 울고 또 울었다.

이후 박제가는 중국으로 사행 다녀온 후 조선의 가난한 현실을 타개할 방도를 제시한 『북학의』를 저술하였으며 최초로 규장각의 검서관으로 발탁되어 정조를 곁에서 도왔다. 박제가의 빛나는 삶 뒤에는 몸소 우산이 되어 주셨던 어머니의 눈물겨운 헌신이 있었다.

滌器而思吾親, 未嘗不念其或醎或淡, 朝夕不繼之食矣, 他人其然乎哉? 撫襖而思吾親, 未嘗不憶其敗絮不完, 歷盡風寒之衣矣, 他人其同乎哉? 懸燈而思吾親, 未嘗不想其雞鳴不寐, 曲膝傭針之狀矣, 他人其有乎哉? 發篋而得親之書, 見其述遠遊之情叙離別之苦, 則未嘗不魂消骨冷, 溘欲無知也. 屈指而算親之齡, 與已之生, 而四十纔八, 二十逾四, 則未嘗不悵然踟躕, 失聲長號, 而淚之無從也. (朴齊家 『楚亭全書』 「書風樹亭記後」)

새벽달은 누님의 눈썹 같았네

슬프다! 누님이 시집가던 날 새벽에 단장하던 일이 어제 일 같다. 나는 그때 막 여덟 살이었다. 응석 부리느라 누워 이리저리 뒹굴면서 신랑의 말투를 흉내 내어 더듬거리며 점잖게 말을 했더니, 누님은 수줍어하다 빗을 내 이마에 떨어뜨렸다. 나는 화가 나 울면서 분에 먹을 섞고 거울에 침을 뱉었다. 누님은 오리 모양의 옥비녀와 벌 모양의 금 노리개를 꺼내어 내게 주면서 울음을 그치게 했다. 지금으로부터 스물여덟 해 전의 일이다.

강가에 말을 세우고 멀리 바라보았다. 붉은 명정은 펄럭이고 돛배 그림자는 너울거리는데 강굽이에 이르러 나무에 가리자 다시는 보이지 않았다. 강 위의 먼 산은 검푸른 것이 누님의 쪽 찐 머리 같고, 강물 빛은 화장 거울 같고, 새벽달은 누님의 눈썹 같았다.

눈물을 떨구며 누님이 빗을 떨어뜨렸던 일을 떠올리니, 유독 어릴 때 일은 또렷한데 기쁨과 즐거움도 많았으며 세월은 길었다. 나이가 들면서 항상 우환으로 괴로워하고 가난을 염려

하다가 꿈속의 일처럼 세월은 훌훌 지나갔으니 피붙이로 함께
지냈던 날들은 또 어찌 이다지도 심히 짧았더란 말인가!

박지원 『연암집』 「맏누이 박씨 묘지명」

연암 박지원이 마흔세 살에 죽은 큰 누나를 애도하며 쓴 묘지
명이다. 연암과 맏누이는 여덟 살 차이였다. 연암의 누이는 열여
섯 살에 호가 백규인 이택모에게 시집갔다. 누이는 가난한 살림
탓에 고생을 많이 하다가 병을 얻어 죽고 말았다.

묘지명은 죽은 사람의 인품과 행적을 써서 돌 등에 새겨 무덤
속에 넣는 것이다. 본래 묘지명은 삶 가운데 자랑할 만한 행적을
시간 순서대로 나열하는 것이 일반적인 관습이다. 그러나 연암은
일반적인 묘지명의 형식을 따르지 않고 누나가 시집가던 날에 겪
었던 단 하나의 일화를 들려준다. 왜 하고많은 추억 가운데 누나
가 시집가던 날의 기억을 떠올렸을까? 철없던 나이였을 때라 누나
에게 좋은 말을 해 주기는커녕 심술만 부리다 떠나보낸 누나에게
미안했을 것이고, 그런 자신을 달래주려고 애쓰던 착한 누나가 그
리웠을 것이다. 멋지고 좋은 일만 아름다운 추억이 되는 게 아니
다. 오히려 좀 미안하고 아쉬운 경험이, 지나고 나면 진한 그리움
이 된다.

누나와의 추억은 28년 전 일이다. 여덟 살 꼬마는 훌쩍 자라 지금은 서른 다섯, 누나의 삶과 고생을 충분히 알 수 있는 나이가 되었다. 어린 시절에 왜 착한 누나에게 어리광을 부렸을까 후회가 밀려올 것이다. 지금 그 따뜻했던 누나는 고생만 하다가 하늘나라로 떠났고, 붉은 명정만이 펄럭이며 누나를 실은 배는 남편의 선산으로 떠나간다. 강굽이에 이르러 누나가 보이지 않자 이제 누나와의 인연은 끝인가 싶다. 문득 새벽녘 강 위의 검푸른 산을 보니 누나의 쪽 찐 머리 같다. 강물 빛은 화장 거울 같고 새벽녘 초승달은 누나의 눈썹 같다. 자신도 모르게 저절로 눈물이 흐르고 누나가 빗을 떨어뜨렸던 일이 떠오르니 수십 년 전의 추억임에도 그 기억은 또렷하기만 하다. 누나가 시집가기 전까지는 즐거운 추억도 많았고 세월도 느릿해 보였다. 그런데 나이가 들어 가난에 허덕이며 살다 보니 세월은 하룻밤의 꿈과 같고 피붙이로 함께 살던 날들은 너무도 짧았다. 누나의 결혼 이후 시간은 훌쩍 지나가고 또 아등바등 살다가 변변한 추억도 없이 세월만 훌쩍 가버린 것이다.

글에 담긴 짧은 일화 속엔 누나에 대한 미안한 마음과 그리움, 인자하고 따뜻했던 누나의 이미지가 함축적으로 담겨 있다. 상투적으로 고인을 기리는 말도, 구구절절한 감정의 노출도 없지만 어딘지 모르게 가슴을 찡하게 만든다. 사느라 고생하다가 쓸쓸하게 죽는 삶이 어찌 그의 큰누이뿐이랴? 괴로워하고 염려하며 살다가, 문득 돌아보면 꿈속의 일처럼 아득하고 아련한 것이 우리네 인생이다.

嗟乎! 姊氏新嫁, 曉粧如昨日. 余時方八歲. 嬌臥馬驟效婿語, 口吃鄭重姊氏羞, 墮梳觸額. 余怒啼, 以墨和粉, 以唾漫鏡. 姊氏出玉鴨金蜂, 賂我止啼. 至今二十八年矣. 立馬江上, 遙見丹旐, 翩然檣影, 逶迤至岸, 轉樹隱不可復見. 而江上遙山, 黛綠如鬟, 江光如鏡, 曉月如眉. 泣念墮梳, 獨幼時事, 歷歷又多. 歡樂歲月長中間, 常苦離患憂貧困, 忽忽如夢中, 爲兄弟之日, 又何甚促也? (朴趾源『燕巖集』「伯姊贈貞夫人朴氏墓誌銘」)

파주 집에 아내를 묻고

파주에 새집을 꾸리던 그 오랜 계획을 당신 아직 기억하오? 사묘를 봉안하고 이어 어머니를 모셔 놓고 나서, 나는 남았다가 결국 관 속에 든 그대와 함께 이곳으로 오게 되었구료. 새벽 베개엔 온갖 상념들이 찾아들고, 등불도 없는 가운데 들리는 낙숫물 소리, 지나온 삶을 참회하니 문득 깨달음을 얻은 승려인 듯. 죽음이 진실로 슬퍼할 만하나 살아있은들 또한 무슨 즐거움 있으리오? 유유한 시간 속에 한바탕 꿈일러라. 그대 먼저 그 먼 곳을 구경하오. 작년 이날을 추억하니 남산 아래 집에서 쟁반에는 떡이 담기고, 마루 위엔 웃음소리 넘쳐났지. 아이는 찹쌀떡을 이어 놓고, 당신은 나를 위해 술을 따라 주었네. 나는 취해 시를 읊조리다 보니 밤이 다 되었지. 지금은 혼자 덩그러니 남아 집에 있어도 나그네인 듯. 그대 혼령 아직 어두워지지 않았다면, 이런 나를 보고 깊이 근심할 것이외다. 남은 꽃들 집을 에워싸고 나무에선 매미 울어대는데 하늘엔 구름 유유히 지나가고 땅에는 강물 흘러가네. 그대여 부디 와서 임하소서. 상향.

심노숭『효전산고』「아내를 위한 제문」

인간은 가까운 이가 떠나고 나서야 빈자리의 무게를 실감한다. 남은 자는 떠난 자가 남긴 삶의 무게까지 짊어지고 가게 된다. 사랑했던 이의 빈자리는 크고도 깊다. 예기치 않은 이별일수록 상실감은 크다. 부부의 빈자리는 더욱 깊다.

조선 후기의 학자인 효전 심노숭에겐 정말로 사랑하는 동갑내기 아내 전주 이씨가 있었다. 아내는 밝고 쾌활했다. 둘 다 사대부 가문이라서 엄격한 양반가의 법도를 따라 내외해야 했지만 틈날 때마다 부부의 정을 깊이 나누곤 했다. 부부는 남원에서 살았다. 아내는 꽃과 나무를 사랑했다. 꽃과 나무를 가꾸자는 아내의 재촉에, 그는 조만간 고향인 파주에 가게 되면 꽃과 나무를 돌보자고 설득했다. 곧 파주에 조그만 집을 얻었고, 둘은 다정히 정원의 설계도를 그렸다. 그러나 집이 완성되기도 전에 아내가 병이 들었다. 설상가상 셋째 딸마저 네 살의 나이에 세상을 떠났다. 딸이 죽고 나서 이 씨의 병은 더욱 위중해졌다. 이 씨는 죽음을 직감하고 남편의 손을 잡았다. "파주 집 곁에 저를 묻어주세요." 둘은 서로 끌어안은 채 펑펑 울었다. 마침내 아내는 서른한 살의 나이로 세상을 떠났다. 파주로 이사 오던 날 아내는 관에 실려 왔다.

　심노숭은 집 근처에 아내를 묻고 무덤의 뒷산에 아내와 의논했던 꽃과 나무들을 정성껏 심기 시작했다. 자신이 죽는 날까지 아내를 대신해서 봄과 가을마다 꽃과 나무를 심을 계획을 세웠다. 누군가 그를 비웃었다. "자네는 살 일은 궁리하지 않고 죽은 뒤의 계획만 세우고 있단 말인가? 죽으면 아무것도 알 수 없는데 무슨 계획을 세운단 말인가?" 심노숭은 대답했다. "죽으면 아무것도 알지 못한다는 말은 내가 진정 참을 수 없는 말이네." 그는 자신도 죽으면 반드시 아내와 만나 영원히 살 것이라 믿었다. 아니, 믿고 싶었을 것이다.

　사랑하는 이가 죽음으로써 소중함을 더욱 뼈저리게 느끼고, 그와의 관계를 추억한다. 아내가 죽고 말았으니, 치열했던 지난 삶은 한바탕 꿈에 불과하다. 살아있다는 것이 전혀 즐겁지 않다. 과거 도란도란 웃음꽃 피던 곳엔 지금 덩그러니 혼자만 남았다. 이제 어쩔 것인가? 매미는 서럽게 울고 하늘엔 덧없이 구름이, 땅엔 강물만이 흘러간다. 사랑하는 아내여, 부디 다시 돌아와 내 곁에 머물러주오.

坡廬久計, 子或尙記? 旣安祠廟, 繼奉慈闈. 我留隨櫬, 與子同歸. 百憂
晨枕, 聽霤無燈. 平生懺悔, 忽如悟僧. 死固可悲, 生亦何歡! 悠悠一夢,
子先遐觀. 前年此日, 憶在南園. 氷盤餠苽, 歡笑當軒. 兒能紉粽, 子爲
斟樽. 我醉吟詩, 竟晝及昏. 牢落至今, 在家如客. 如子不昧, 爲我深慽.
餘花繞堂, 鳴蜩在林. 天雲地水, 庶幾來臨. 尙饗. (沈魯崇『孝田散稿』「望
尊祭亡室文」)

아내의 무덤 위로 쑥은 돋고

지난해 나는 관서 지방으로 나가 석 달 동안 강산 돌며 천 리 멀리 노닐었지. 돌아와 보니 당신은 병들었고 쑥 또한 다 시들어, 당신 울면서 하는 말. "어쩌면 그리 늦었는지요? 계절의 사물은 흐르는 물과 같아 사람을 기다리지 않으니, 우리 인생은 그 사이에 하루살이 같은 것. 제가 죽고 난 이듬해에도 쑥은 다시 돋을 테니 그 쑥 보면서 제 생각 해주시겠죠?" 오늘 우연히 제수씨가 차려준 상 위에 부드러운 쑥이 놓여 있어 울컥 목이 메네. 그때 나를 위해 쑥 캐던 이여, 당신 얼굴에 덮인 흙 위로 쑥이 돋아났구려.

심노숭 『효전산고』「동쪽 뜰에서」

"아내를 잃은 사람은 풍속을 두려워하여 그 슬픔을 감춘다." 부부는 서로가 평생의 반려자임에도 불구하고 옛날의 아내들은 남편을 내조해주는 종속적인 지위에 있었다. 또한 남편은 아내에 대한 감정을 직접 드러내서는 안 된다고 생각해서 아내를 사랑해도 속마음을 감추거나 내색하지 않았다. 하지만 심노숭은 아내가 죽고 나서도 수십 년간 아내에 대한 그리움을 구구절절이 글에 담아냈다.

특히 아내 이 씨는 평소에 쑥으로 음식을 잘 만들었다. 해마다 봄이 되면 이 씨는 딸아이를 데리고 쑥을 캐러 나갔다. 아내는 손수 쑥을 뜯고 딸은 광주리를 들고 곁을 지켰다. 아내는 쑥으로 국을 끓이고 쑥떡을 만들어 가족을 먹이곤 했다.

아내가 죽은 이듬해 봄에, 심노숭은 관직 생활을 하던 남산 옛집에 잠시 들렀다. 동쪽 뜰엔 눈이 녹아 냇물이 되어 흐르고 구름은 두둥실 떠 있었다. 그때 문득 담장 동쪽 오래된 회나무 아래에 돋아난 푸른 쑥이 눈에 들어왔다. 그는 아내 생각이 목이 메었다. 공교롭게도 동생의 아내는 쑥으로 반찬을 만들어 밥상 위에 얹었다. 밥상 위에 놓인 쑥국에 그는 그만 울컥하고 말았다. 쑥을 캐어 사랑하는 가족을 먹였던 아내. 지금 아내의 무덤 위로 무심하게 쑥이 돋아났고 그 위로 아내의 얼굴이 겹쳐진 것이다.

심노숭은 2년여 동안 삼십여 편의 애도문을 남기며, 아내와의 영원한 만남을 꿈꾸었다. 아내가 죽은 지 24년 뒤에도 아내 무덤을 찾았으며, 회갑 때에는 아내를 추모하는 글을 또 지었다. 아내

를 잃고 나서는 한순간의 기쁨도 있지 않았다고 고백했으니 그에
게 남은 삶은 오직 죽은 아내를 만나기 위한 견딤의 시간이었다.

前年我行西出關, 三月湖山千里遊. 歸來君病艾亦老, 泣道行期何遲
留. 時物如流不待人, 人生其間如蜉蝣. 我死明年艾復生, 見艾子能念
我不. 今日偶從弟婦食, 盤中柔芽忽梗喉. 當時爲我採艾人, 面上艾生
士一坏. (沈魯崇『孝田散稿』「東園」)

어엿한 치마 하나 못해주고

우리 집은 본래 가난하여 네가 태어난 이래 어엿한 치마 하나 못해 주어 네 마음을 기쁘게 하지 못했지. 이 때문에 나는 늘 너를 불쌍히 여겼지만, 너는 부모가 가난하게 고생하는 것을 보고 도리어 부모를 위해 슬퍼했지. 늘 원하기는 내가 약간의 봉급을 받아 집안을 조금 넉넉하게 하길 밤낮으로 바랐으니 그 마음이 애틋했단다. 병이 들어서도 말하길 내가 우관 벼슬이 될 거라 했었는데, 네가 죽은 며칠 뒤에 정말로 우관이 되었단다. 나는 네가 며칠 기다려주지 못한 것을 애통해했지만 이미 어찌할 수 없는 상황이 되었구나. 관가의 한 그릇 밥을 얻어 네 무덤 위의 풀에 적이 뿌려주면 네 평소의 뜻을 위로해주고 내 가슴속 쌓인 슬픔의 일부라도 풀 수 있으리라 했는데 일이 어그러져 그마저도 못하게 되었구나. 아아 이제 무슨 말을 하겠느냐!

나는 아비가 되어 자식 하나도 키워내지 못하고 빈곤 속에서 한을 머금고 죽게 했으니, 말만 하면 가슴이 찔려 잠시도 아프지 않은 때가 없구나. 이는 평범한 사람의 구차한 마음에 가깝지만, 부모와 자식 간의 정이야 어쩌지 못하는 것이니 귀신도 알면 마땅히 슬퍼할 것이다.

홍세태『유하집』「딸 조씨 제문」

자식을 잃는 슬픔은 세상에서 가장 참혹한 슬픔이며 가장 가혹한 형벌이다. 부모가 죽으면 땅에 묻지만, 자식은 가슴에 묻는다. 공자의 제자였던 자하子夏는 자식이 죽자 음식을 입에 대지도 않고 밤낮으로 울부짖었다. 피눈물을 흘리며 계속 울다가 나중에는 눈이 멀어 버렸다. 그리하여 자식의 죽음을 상명지통喪明之痛이라 한다. 밝음, 즉 눈을 잃어버린 고통이란 뜻이다. 단장지애斷腸之哀라고도 한다. 자식을 잃는 것은 창자가 끊어지는 아픔보다 심한 것이다. 자식의 죽음 앞에서 부모는 형극의 고통을 짊어진 채 평생을 살아간다.

윗글은 조선 후기의 시인 홍세태洪世泰(1623-1725)가 딸을 잃고 쓴 제문이다. 그에게는 8남 2녀의 자녀가 있었다. 비록 가난했지만 자식이 많았기에 그는 행복했다. 그러나 그 자식들로 인해 평생 가장 참혹한 고통을 겪어야 했다. 열 명이 모두 질병에 걸려 차례차례 세상을 떠난 것이다. 자식이 하나만 죽어도 애가 끊어지는 고통을 겪을진대 열 명의 자식이 참척을 당했으니 그 마음은 너무도 참혹했으리라. 그의 말을 빌리자면 "겉은 멀쩡해도 속은 다 타서 없어진 지 오래"인 삶, "말만 하면 가슴이 찔려 잠시라도 아프지 않은 때가 없었던" 삶이었다.

그는 딸에게 어엿한 치마 한 벌 못해준 것을 못내 한스러워한다. 자식은 자신보다 더 나은 환경에서 살아가길 바라는 것이 부모 마음이다. 그러나 딸마저 가난의 질곡을 넘지 못하고 고생만 하다가 병들어 죽었다. 그는 아비가 되어 자식 하나도 변변하게 키워내지 못하고 가난에 시달리다가 한을 머금고 죽게 했다는 죄책감에 울부짖었다.

而吾家素貧, 自汝墮地, 未嘗爲一完裙以悅其心. 吾常以此憐汝, 而汝見父母之艱食勤苦, 反以爲父母悲. 常願吾之得斗斛之祿, 以少潤其家也, 日夜懸望, 其情可悲. 及其病中有語, 冀見余作郵官, 而其死之數日, 果得松郵. 余於是痛汝之不少留待, 而旣無可奈何. 意謂借得官家一盂飯, 以灑汝墓上之草, 則庶幾慰汝平日之意, 而洩我胸中積哀之萬一矣, 事有不然, 此亦失之. 噫嘻尙何言哉? 顧余爲人父, 不能畜一子, 使之窮困飮恨而死, 言之刺心, 寧不惻痛. 此雖近於兒女之區區, 而父子之情, 自不能已, 鬼神有知, 當亦悲之矣. (洪世泰『柳下集』「亡女趙氏婦初朞祭文」)

평소처럼 웃어 보일 수 없겠니?

슬프다! 나는 이미 여러 차례 자식 잃는 슬픔을 겪어서 마음이 상한 지 오래다. 네 동생을 잃은 뒤엔 몸은 마르고 정신은 사그라져 넋이 다 망가졌다. 살려는 생각이 없었지만 죽지 않았던 것은 네가 있었기 때문이다. 이제 또 네 죽음을 보았으니 내가 다시 세상에 무슨 미련이 있겠느냐. 마땅히 빨리 사라져야 시원할 것이다. 네 어미에게 듣자니 너는 병이 위중해지자 흐느껴 눈물을 흘리며 어미에게 말했다지. "아버지를 못 보고 죽으려니 눈이 감기지 않아요. 어머니는 내가 죽으면 반드시 죽으려 할 텐데, 그러면 저 어린 다섯 아이는 어떡해요. 어머니 죽지 마세요." 슬프다! 설령 목석같은 사람일지라도 이 말을 들으면 눈물을 떨어뜨릴 텐데, 하물며 그 부모임에랴! … 아! 너는 이제 가면 돌아오지 않겠구나. 잠시라도 머물러 위로는 부모를 모시고 곁으로는 아이들을 이끌며, 이 술과 음식 앞에서 한 번만 평소처럼 기쁘게 웃어 보일 수는 없겠느냐?

홍세태 『유하집』 「딸 이씨 제문」

홍세태는 8남 2녀의 자식이 모두 자신보다 일찍 세상을 떠났는데, 그중 마지막으로 첫째 딸을 잃고 쓴 제문이다. 그는 특별히 첫째 딸을 아끼고 사랑했다. 첫째 딸은 유달리 곱고 성품이 온화하여 많은 사람의 사랑을 받았다. 부모에겐 효성을 다했고 아버지에겐 늘 순종했다. 하지만 가난한 탓에 더 가난한 남자에게 시집을 갔다. 딸은 집안을 꾸리느라 자기 몸을 돌보지 않고 막일을 했다. 그럼에도 빚 독촉을 하는 사람들이 툭하면 들이닥쳤다. 홍세태는 어떻게든 딸을 도와주고 싶었지만, 딱히 방법이 없어 홀로 가슴앓이만 할 뿐이었다. 딸은 죽기 바로 전에 병든 몸으로 아이를 낳았다. 손자를 본 기쁨은 잠시였다. 서울 갈 일이 생겨 딸에게 몸조리를 당부하며 떠난 지 열흘도 안 되어 딸이 위독하다는 전갈을 받았다. 서둘러 돌아왔지만, 딸은 이미 죽은 뒤였다.

아버지를 보지 못하고 죽으려니 눈이 감기지 않는다던 자식을 떠나보낸 그의 마음은 어떠했을까? 임종을 지켜주지 못한 부모 마음은 어떠했을까? 딸의 마지막 소원은 부모가 오래도록 살아 자신의 어린 자식들을 잘 돌보아 주는 것이었다. 하지만 홍세태는 딸의 마지막 소원마저 들어주지 못하고, 6년 뒤에 한 많은 생을 마감했다. 그의 나이 73세였다.

嗚呼! 吾旣屢經慘戚, 喪心久矣. 及哭汝弟以來, 形枯神瘁, 益復摧敗了. 無生人意思, 而猶且不死者, 徒以汝在耳. 今又見汝之死, 顧余何心更留於世? 唯當速滅之爲快也. 聞汝母言汝疾革, 嗚咽流涕而語汝母曰, 不見父而死, 此目不瞑矣. 母見我死則必欲死, 奈彼五稚兒何? 願我母無死. 嗚呼! 此言雖使木心石腸者聞之, 亦且殞絶, 況爲其父母乎. … 嗚呼! 今汝此去不復還矣. 其且少留, 上奉父母, 傍挈子女, 嘗此酒食, 歡然顧笑, 一如平昔之爲否? (洪世泰『柳下集』「祭亡女李氏婦文」)

생의 마지막에

몸 밖의 영화와 몰락, 안락과 근심 같은 것은 마땅히 모두 하늘이 하는 바를 따르되 마음에 담지 마라. 저절로 이르는 것이라도 옳은 것을 가려서 받고, 이르지 않는 것은 구할 까닭이 없다. 이것이 바로 죽을 때까지 발을 붙이고 서 있을 자리다. 조금이라도 옮기거나 바꿔서는 안 된다.

　… 나는 일찍 부모님이 세상을 떠나셔서 배움이 정밀하지 않는데 나아감을 구했고, 덕이 서지 않았는데도 가려고 했다. 먼지바람은 자욱하고 해와 달은 빛을 잃어 위로는 임금을 요순의 경지로 이끌지 못했고, 아래로는 스스로를 고요皐陶나 기夔 같은 반열에 두지 못했다. 맹수의 어금니와 독사의 독이 좌우에서 달려들어 이 지경에 이르렀다. 어둠 속에 버려짐이 심하고 후회함이 오래되었으나 어찌 족히 말하겠느냐? 이는 내가 자신을 징계하고 너희에게 바라는 것이니, 밖에서 이르는 것을 나의 영화로 삼으려 하지 말거라. 이제 형장의 칼날이 문에 이른 것을 보고 종이를 빌려 겨우 쓴다. 너희는 죽을 때까지

잊지 말아야 한다.

　　　　　　　　　　　　　　한충『송재집』「자식에게 주는 글」

　　인생은 어느 순간을 살아가든, 어느 날엔 반드시 죽음을 맞는다. 단 한 번뿐인 인생, 생의 마지막을 앞두고 인간은 무슨 말을 남길까?『논어』「태백泰伯」에서는 "새는 죽을 때 그 울음이 슬프고 사람은 죽을 때 그 말이 착하다.[鳥之將死, 其鳴也哀, 人之將死, 其言也善.]"라고 했다. 인생을 어떻게 살았든 간에, 죽음을 앞둔 인간의 말은 가장 선하고 참되다는 뜻이다. 산 자에게 남기는 마지막 말이 유언이다. 유언은 가장 진실하면서 슬픈, 떠나가는 이의 마지막 부탁이다.

　　조선 중종 때의 문인인 한충은 진솔하고 강직한 성품의 소유자였다. 정치 혁신을 단행하던 조광조趙光祖 밑에 들어가 도의의 친구를 맺고 개혁에 동참했다. 그러다 기묘사화己卯士禍가 일어나 훈구파가 개혁 정책을 펼치던 조광조 등을 죽이고 권력을 잡았다. 한충은 조광조의 측근이라는 죄목으로 거제도로 유배되었다. 유배에서 풀려날 즈음 신사무옥辛巳誣獄이 일어나 훈구파를 없애기 위한 회합 모임에 가담했다는 누명을 받아 다시 감옥에 갇히게 되었다. 한충은 더 이상 살아서 나갈 수 없음을 직감했다. 죽음이 바로 앞에 있었다. 애써 얻었던 사회적 인정, 영화로움은 닥쳐올 죽음 앞에서 의미 없는 것이 되고 말았다. 앞으로만 달려갔던 삶에 후회가 밀려왔고 비로소 소중한 사람들이 떠올랐다.

한충에겐 아들이 셋 있었다. 생의 마지막에 그는 자식들이 떠올랐고 자식들에게 아버지의 마지막 목소리를 들려주고 싶었다. 그리하여 종이를 몰래 구해 아들에게 유언을 썼다. '형장의 칼날이 문 앞에 이른 것을 보고 종이를 빌려 간신히 쓴다.'는 마지막 말이 애처롭다.

그가 한 아버지로서 자식에게 바란 것은 마음을 잘 붙들어 나가고, 부귀영화에 마음 쓰지 말며, 저절로 오는 행운일지라도 옳은 것만 취하고, 오지도 않는 것에 아등바등 매달리지 말라는 것이었다. 여느 계자서戒子書(아들에게 보내는 편지)와 같이 공부해라, 가문을 빛내라는 딱딱한 훈계가 아니었다. 세상을 어떤 태도로 받아들여야 하는지에 대한 담담한 당부의 말이었다. 마지막 말에 이르러 지내 온 나날을 반성하고, 죽음으로 내몰린 삶에 대한 회한을 내비친 것은 자식들이 아버지의 불행을 그대로 따르지 않기를 바라는 마음에서였을 것이다. 생의 마지막에 이르러 아버지는 자식들 앞에서 비로소 속마음을 열고 덕 없이 나아가고자 했던 어리석은 삶을 솔직하게 고백했다. 자신의 삶을 경계함으로써 자식들은 부모보다 더 나은 길을 걸어가기를 바랐다.

중종이 직접 신문한 결과 한충에게 죄가 없다는 것을 알고 풀
어줄 것을 명했지만 그는 다음날 정적이 보낸 하수인에 의해 감옥
에서 살해되었다. 그의 나이 서른여섯이었다.

若乃身外之榮悴休戚, 卽當一切聽天所爲, 而無容心焉. 其自至者, 亦
擇其可而受之, 其不至者, 則無求之之理也. 此是終身立脚地位, 不可
分寸移易. … 余則早忝不幸, 學未精而求進, 德未立而欲行. 風埃汨汨,
日失月亡, 上未能導其君於堯舜, 下未能置其身於皐夔. 獷牙虺毒, 左
侵右觸, 致有此境, 昏棄之甚, 悔懊之久, 尙何足言乎? 是余懲於己, 望
於汝, 不欲以自外至者爲吾榮也. 見今鋒鏑臨門, 借紙艱草. 汝等沒身
不忘, 可也. (韓忠『松齋集』「戒子書 辛巳十二月二十七日, 獄中臨終時」)

원이 아버지께

당신 언제나 나에게 '둘이 머리 희어지도록 살다가 함께 죽자.' 고 하셨지요. 그런데 어찌 나를 두고 당신 먼저 가십니까? 나와 어린아이는 누구의 말을 듣고 어떻게 살라고 다 버리고 당신 먼저 가십니까? 당신 나에게 어떻게 마음을 가져왔고, 나는 당신에게 어떻게 마음을 가져왔었나요? 함께 누우면 언제나 나는 당신에게 말하곤 했지요. "여보, 다른 사람들도 우리처럼 서로 어여삐 여기고 사랑할까요? 남들도 정말 우리 같을까요?" 어찌 그런 일들 생각하지도 않고 나를 버리고 먼저 가시는가요. 당신을 여의고는 아무리 해도 나는 살 수 없어요. 빨리 당신에게 가고 싶어요. 나를 데려가 주세요. 당신을 향한 마음을 이승에서 잊을 수 없고, 서러운 뜻 한이 없습니다. 내 마음 어디에 두고 자식 데리고 당신을 그리워하며 살 수 있을까 생각합니다. 이내 편지 보시고 내 꿈에 와서 자세히 말해주세요. 당신 말을 자세히 듣고 싶어서 이렇게 글을 써서 넣어 드립니다. 자세히 보시고 나에게 말해주세요. 당신 내 배 속의 자식 낳으면 보고 말할 것 있다 하고 그렇게 가시니, 배 속의 자식 낳으면 누구를 아버지라 하라시는 거지요? 아무리 한들 내 마음 같겠습니까? 이런 슬픈 일이 또 있겠습니까? 당신은 한갓 그곳에 가 계실 뿐이지만, 아무리 한들 내 마음같이 서럽겠습니까? 한도 없고 끝도 없어 다 못 쓰고 대강만 적습니다. 이 편지 자세히 보시고 내 꿈에 와서 당신 모습 자세히 보여주시고 또 말해주세요. 나는 꿈에는 당신을 볼 수 있다고 믿고 있습니다. 몰래 와서 보여주세요. 하고 싶은 말 끝이 없어 이만 적습니다.

병술년 유월 초하룻날 아내가

서로를 사랑하는 부부는 평생 함께 늙어가길 소망한다. 그러나 인생은 항상 원만할 수가 없는지라 예기치 않은 이별이 어느 때곤 찾아온다. 뜻밖의 이별일수록 당혹스럽고 황망하다. 남은 자는 떠난 자가 남긴 삶의 무게까지 짊어지고 가게 된다. 여기 남편을 갑자기 떠나보낸 한 아내가 있다.

조선 중기, 경북 안동에 이응태李應台(1556~1586)라는 키가 크고 건장한 젊은이가 있었다. 그는 고성 이씨 명문 집안으로, 안동에서도 손꼽히는 무반 가문의 자제였다. 그에겐 아담하고 지혜로운 아내와 원이라는 아들이 있었다. 그는 틈만 나면 아내에게 사랑을 고백했다. "우리 검은 머리가 파뿌리가 되도록 같이 살다가 같은 날 죽읍시다." 이응태의 고백은 그 시대엔 특별한 것이었다. 조선 시대엔 부부유별夫婦有別이라고 하여 남편과 아내는 일정한 거리를 두고 지냈다. 애초에 양반들의 결혼 문화는 가문 사이의 결혼인지라 둘의 사랑은 변수가 안 되었다. 남편과 아내는 사랑채와 안채를 두어 각방을 지냈으며 남편이 아내를 보고 싶으면 몰래 안채에 들곤 했다. 원이 엄마도 이응태의 특별한 사랑 표현에 다음과 같이 화답했다. "다른 사람들도 우리처럼 서로 아껴주고 사랑할까요? 남들도 정말 우리 같을까요?" 공경으로 이루어진 부부관계를 지향한 조선 사회에서 둘은 격식 없는 사랑을 주고받았다. 마침내 아내의 배 속에는 또 하나의 생명이 생겼다.

그런데 이응태가 몹쓸 병에 걸리고 말았다. 원이 엄마는 정성을 다해 남편을 간호했지만 좋다는 약을 다 써 봐도 차도가 없었다. 지극한 보살핌도 헛되이 이응태는 병을 이기지 못하고 눈을 감았다. 그의 나이 고작 서른한 살이었다. 원이 엄마는 남편 없이 세상을 살아갈 자신이 없었다. 하지만 배 속에 이미 수개월 된 아기가 자라고 있었기에 그럴 수도 없었다. 그녀는 슬픔을 억누르고 예쁜 한지를 골라서 남편에게 보낼 편지를 종이 오른쪽 끝부터 빼곡하게 한글로 써 내려갔다. 한지의 왼쪽 끝까지 글을 가득 채웠으나 남편에게 하고 싶은 말은 끝이 없었다. 원이 엄마는 위쪽 여백에까지 못다 한 말을 써갔다. 배 속 아기가 태어나면 꼭 해줄 말이 있다던 남편의 말을 이젠 들을 수 없다고 생각하니 가슴이 미어졌다. 자식이 자라서 아버지를 찾으면 누구를 아버지라 부르라고 말할 것인가. 절절한 그리움 뒤에 야속한 마음마저 몽글거렸다. 글을 쓸 자리가 없자 원이 엄마는 다음과 같이 글을 맺었다. "나는 꿈에서라면 당신을 볼 수 있다고 믿습니다. 몰래 와서 보여주세요. 하고 싶은 말, 끝이 없어 이만 적습니다." 아내는 생전에 미처 신겨주지 못한 미투리와 함께 편지를 남편 무덤에 고이 묻었다. 병술년(1586년) 유월 초하룻날이었다.

그로부터 420여 년이 지난 1998년, 남편의 시신과 함께 묻힌 원이 엄마의 편지와 미투리가 우연히 발견되었다. 원이 엄마의 치마와 함께 아들 원이가 입던 저고리도 함께 나왔다. 차마 남편을 뒤따라 세상을 떠나지는 못해도, 홀로 떠나는 저승길이 외롭지 않게 옷이나마 함께 묻고자 했던 애절한 마음의 표현이었다.

원늬 아바님씌 샹빅

자내 샹해 날두려 닐오디 둘히 머리 셰도록 사다가 홈씌 죽쟈 ᄒ시더니 엇디ᄒ야
나롤 두고 자내 몬져 가시ᄂ 날ᄒ고 ᄌ식ᄒ며 뉘 긔걸ᄒ야 엇디 ᄒ야 살라 ᄒ야
다 더디고 자내 몬져 가시ᄂ고 자내 날 향ᄒ 무ᅌᆞ믈 엇디 가지며 나ᄂ 자내 향ᄒ
무ᅌᆞ믈 엇디 가지던고 미양 자내두려 내 닐오디 ᄒ듸 누어서 이 보소 ᄂ도 우리
ᄀ티 서른 에엿쎄 녀겨 ᄉ랑ᄒ리 ᄂ도 우리 ᄀᄐ가 ᄒ야 자내두려 니르더니
엇디 그런 이롤 싱각디 아녀 나롤 ᄇ리고 몬져 가시ᄂ고 자내 여ᄒ고 아므려 내
살 셰 업스니 수이 자내ᄒ듸 가고져 ᄒ니 날 ᄃ려가소 자내 향ᄒ 무ᅌᆞ믈 ᄎ싱
니졸 줄리 업스니 아므려 셜운 ᄠᄃ ᄀᆡ 업스니 이 내 안홀 어디다가 두고 ᄌ식
ᄃ리고 자내롤 그려 살려뇨 ᄒ뇌이다 이내 유무 보시고 내 ᄭ메 ᄌ셰 와 니르소
내 ᄭ메 이 보신 말 ᄌ셰 듣고져 ᄒ야 이리 서 년되 ᄌ셰 보시고 날두려 니르소
자내 내 빈 ᄌ식 나거든 보고 사롤 일ᄒ고 그리 가시디 빈 ᄌ식 나거든 누롤
아바ᄒ라 ᄒ시ᄂ고 아므려 ᄒ들 내 안 ᄀ톨가 이런 텬디 구온ᄒ 이리 하늘 아래
ᄯ 이실가 자내ᄂ ᄒ갓 그리 가 겨실 ᄲᅥ거니와 아므려 ᄒ돌 내 안ᄀ티 셜울가
그지그지 ᄀᆡ 업서 다 몯 서 대강만 뎍뇌 이 유무 ᄌ셰 보시고 내 ᄭ매 ᄌ셰
와 뵈고 ᄌ셰 니르소 나ᄂ ᄭ믈 자내 보려 믿고 인뇌이다 ᄆᆞᄅ매 뵈쇼셔 ᄒ
그지그지 업서 이만 뎍뇌이다

병슐 뉴월 초ᄒ른날 지븨셔 (이응태 묘 출토 언간)

4장

잃어버린 인연에 슬퍼하다

어제 아침 다정히 인사하던 이의 부음 소식을 오늘 아침 듣는 게 인생이다. 모든 인생은 언젠가 인연을 남겨두고 문득 떠난다. 친밀했던 친구, 가까웠던 이웃과의 이별은 견딜 수 없는 슬픔을 안겨주고 평소의 관계가 얼마나 소중한가를 깊이 느끼게 한다.

떠난 자는 말이 없다. '평소 너무 무심했어.', '왜 그까짓 일로 화를 내고 사이가 틀어졌을까?' 후회해봤자 이미 그는 떠나고 없다. 가까운 이에게 좀 더 따뜻하고, 한 번이라도 더 안부를 물을 일이다.

그릇 두드리며 그대 보내리

만물은 모두 부쳐 사는 것이니
한 기운 가운데 떴다가 가라앉는 것.
구름이 생기는 것을 보면 흔적 있지만
얼음이 녹은 뒤 찾으면 자취 없네.
낮과 밤은 밝았다가 다시 어둡고
때와 계절은 시작과 끝을 반복하네.
진실로 이러한 이치 밝게 안다면
그릇 두드리며 그대 보내리.

서경덕 『화담집』 「죽은 이에게」

만물은 어디서 왔다가 어디로 가는 걸까? 옛사람은 만물이란
음陰과 양陽이 모였다가 흩어지는 것이라고 생각했다. 모든 생명
은 우주 가운데 잠시 붙어 있는 것, 하나의 기운 가운데 잠시 떠

있다가 가라앉았다 한다. 구름이 하늘에서 처음 생길 때는 형상이 있지만, 땅에 내리고 얼음이 된 후 녹으면 흔적도 없다. 낮과 밤은 밝음과 어둠을 반복하고 시간은 시작과 끝을 무한히 반복한다.『주역』에서는 하늘의 이치를 원형이정元亨利貞으로 설명한다. 만물이 시작되는 때인 원元은 만물이 성장하고 이루어지는 형亨과 이利를 거쳐 만물이 완성되는 때인 정貞이 되고 나면 다시 처음의 원으로 돌아간다. 만물의 탄생과 죽음은 돌고 도는 것이다. 그러니 삶이 죽음이고 죽음이 삶이다.

　장자는 아내가 죽자 다리를 쭉 뻗은 채 항아리를 두드리며 노래를 불렀다. 그도 어찌 아내의 죽음에 슬프지 않았겠는가? 하지만 장자는 죽음이란 생명이 왔던 곳으로 되돌아가는 일임을 깨달았다. 아내는 자신이 시작된 곳으로 다시 돌아간 것일 뿐이다. 그러니 소리를 지르며 통곡한다면 자연의 섭리를 따르지 않는 것이 된다. 이러한 죽음의 이치를 깨닫자 그는 크게 소리 내어 우는 대신에 기꺼이 밥그릇을 두드리며 사랑하는 이를 보낼 수 있었다.

萬物皆如寄, 浮沈一氣中. 雲生看有跡, 氷解覓無蹤. 晝夜明還暗, 元貞始復終. 苟明於此理, 鼓缶送吾公. (徐敬德『花潭集』「挽人」)

부쳐 사는 인생

부친다寄는 것은 붙여 산다는 뜻이다. 혹 있기도 하고 없기도 해서, 가고 오는 것이 일정하지 않은 것이다. 인간은 하늘과 땅 사이에 참으로 있는 것인가, 아니면 참으로 없는 것인가? 태어나기 이전 관점으로 보자면 본래 없는 것이고, 태어난 뒤의 관점에서 본다면 오롯이 있는 것이며, 죽음에 이르면 또 없는 데로 돌아가는 것이다. 만약 그러하다면 인간이 산다는 것은 있고 없는 사이에 부쳐 사는 것이다. 우愚 임금이 말했다. "삶은 부쳐 사는 것이고 죽음은 돌아가는 것이다." 진실로 삶은 나의 소유가 아니며 하늘과 땅이 잠시 맡겨둔 것이다. … 풀은 꽃이 핀다고 해서 봄에 고마워하지 않고 나무는 잎이 진다고 해서 가을을 원망하지 않는다. 내 삶을 잘 사는 것이 내가 잘 죽는 것이다. 부쳐 사는 것을 잘하면 잘 죽는 것이다.

신흠『상촌집』「부쳐 사는 집」

삶의 주인은 내가 아니다. 나는 살아있는 날들 동안에 잠시 하늘과 땅 사이에 몸을 맡기고 사는 것일 뿐이다. 삶은 잠시 몸을 맡기고 사는 것일 뿐인데 무언가를 끝까지 소유하려는 욕망은 정신 나간 짓이다. 가진 게 많다고 있는 척하는 사람은 얼빠진 자이고, 가진 것이 많으면서 가진 것을 잃을까 벌벌 떠는 사람은 욕심 사나운 자이다. 가지고 있는 것에 집착하거나 가진 게 없다고 아등바등 애쓸 것 없이, 있으면 있는 대로 없으면 없는 대로 살다가 없는 데로 돌아가는 게 삶의 순리이다. 풀은 꽃이 피었다고 해서 봄을 고마워하지 않고 나무는 잎이 떨어진다고 가을을 원망하지 않는다. 그저 주어진 환경을 따르면서 무언가에 미련 두지 않고 자신에게 부여된 삶의 조건을 따라 살아갈 뿐이다. 잘 죽는다는 것은 잠시 맡은 육신의 삶을 잘 돌보며 욕심 없이 살다가 떠나가는 것이다.

신흠이 춘천의 두메산골에 귀양 가 있을 때 지우知友인 박동량 朴東亮(1569-1635)에게 써준 글이다. 박동량도 바닷가에 유배 중이었는데, 귀양살이 집에 기재寄齋라는 이름을 붙이자 신흠이 그 뜻을 헤아려 '기(寄:붙여 산다)'의 의미를 풀이해준 것이다. 둘 다 곤궁한 상황이었지만, 이 또한 조물주가 육신을 잠시 맡긴 삶의 일부일 뿐이니 처지를 원망하기보단 상황에 맡기고 의연하게 살아가자는 당부를 담고 있다.

寄者寓也, 或有或無, 去來之未定者也. 人之在天地間, 其眞有耶, 其眞
無耶? 以未生觀則本乎無也, 以已生觀則專乎有也, 泊其亡也則又返乎
無也. 若然則人之生也, 寄於有無之際者也. 大禹有言曰, 生寄也, 死歸
也. 信乎生非吾有, 天地之委形也. …草不謝榮於春, 木不怨落於秋. 善
吾生者, 所以善吾死也. 善處其寄則其歸也斯善矣. (申欽『象村集』「寄齋
記」)

석치의 죽음을 조문함

석치가 죽자 시신을 둘러싸고 곡을 하는 이들은 석치의 처첩과 형제, 자손과 친척들이니, 함께 모여 곡하는 이들이 진실로 적지 않다. 이들은 상주의 손을 잡으며 위로를 한다. "훌륭한 가문의 불행한 일입니다. 명철한 분이 어찌하여 이렇게 되셨는지요." 그 형제와 자손들은 절하고 일어나 머리를 조아리며 대답을 한다. "저희 집안이 불행한 화를 입었습니다." 석치의 친구들은 서로 탄식을 한다. "이 사람은 정말 쉽게 얻을 수 없는 사람이었지." 조문하러 온 이들은 진실로 적지 않으니, 석치와 원한이 있던 자는 석치에게 병에 걸려 죽으라고 심하게 욕을 했었지만 석치가 죽었으니 욕하던 자의 원한은 이미 갚아진 것이다. 죽음보다 더 큰 죄와 벌은 없을 테니까. 세상에는 진실로 이 세계를 부질없는 꿈으로 여기고 인간 세상을 유희하듯 사는 사람이 있을 것이다. 그가 석치의 죽음을 듣는다면 참세상으로 돌아갔다고 여기고 참으로 한바탕 웃다가 입에 머금은 밥알이 벌처럼 튀어나오고 갓끈이 썩은 새끼줄처럼 끊어지리라.

　석치는 정말로 죽었구나. 귓바퀴는 이미 문드러지고 눈알도 이미 썩었으니, 정말로 듣지도 보지도 못하는구나. 잔에 술을 따라 주어도 진짜 마시지도 취하지도 못하는구나. 평소 석치와 술 마시던 동료들을 진짜로 끝내 버리고 떠나가 뒤도 돌아보지 않는구나. 참으로 끝내 버리고 떠나가 돌아보지 않는다면 우리끼리라도 서로 모여 큰 술잔에 술을 따라 마시리라.

박지원 『연암집』 「석치를 위한 제문」

　제문은 죽은 이에 대한 애도의 마음을 표현한 의례적 양식으로써 고인에 대한 추모의 뜻을 담고 있어서 경건하고 숙연하다. 일반적으로 제문에서는 고인에 대한 각별한 감정을 이야기하고 그와의 경험을 추억한다. 그런데 이 제문은 격식에서 한참 벗어나 있다. 글을 쓴 이는 고인과 허물없는 특별한 사이였을 것이고, 두 사람은 예법과 격식을 뛰어넘는 감정을 공유하고 있었을 것이다. 글을 읽다 보면 나의 죽음은 어떠할지를 생각하게 되고, 삶은 한바탕의 꿈임을 알게 되고, 저 술자리에 홀로 빠진 그를 생각하며 진한 페이소스(pathos)를 느끼게 되리라. 슬프다고 꼭 말을 해야만 슬픈 것이 아니며, 그립다고 꼭 말을 해야만 그리운 게 아니다.

슬퍼야 할 곳에 슬픈 말이 빠졌으니 슬프고, 반드시 있어야 할 곳에 그가 없으니 그리워진다.

죽음 앞에서 인간은 용서를 배운다. 그를 미워하던 사람의 원한은 죽음으로 갚아졌을 것이고, 그 죽음은 곧 닥쳐올 나의 죽음이 된다. '왜 욕했을까?' 미안함이 들고, 저 상황을 나의 상황으로 돌아보게 된다. 그리하여 죽음은 그를 사랑했던 사람이건 미워했던 사람이건 스스로의 삶을 돌아보게 하고, 남아 있는 사람들과의 관계가 얼마나 소중한가를 깊이 성찰하게 한다.

윗글은 연암이 절친한 벗이었던 석치 정철조鄭喆祚(1730~1781)의 죽음을 애도한 제문이다. 저 글에서 연암은 그가 참 세상으로 돌아갔다고 말하고 싶었을 것이다. 이 세상을 꿈으로 여기고 유희하듯 살고 싶었던 이가 연암이었다. 또 한편으로 그와 함께 깊은 술잔을 주고받으며 정겨운 이야기를 나누던 이도 연암이었다. 그가 부질없는 세상을 떠나 참 세상으로 갔으니 장난하듯 제문을 썼고, 그가 없으니 깊은 그리움이 솟구쳐 나온 것이다. 그리고 이 같은 글에서 엄숙한 죽음 관념에서 벗어나 유희로 전환하는 인식의 전환을 엿보게 된다.

石癡死而環尸而哭者, 乃石癡妻妾昆弟子姓親婣, 固不乏會哭者. 握手
相慰曰, 德門不幸, 哲人云胡至此? 其昆弟子姓拜起, 頓首對曰, 私門
凶禍. 其朋朋友友相與歎息言, 斯人者固不易得之人. 而固不乏會吊
者, 與石癡有怨者, 痛罵石癡病死, 石癡死而罵者之怨已報, 罪罰無以
加乎死. 世固有夢幻此世, 遊戲人間, 聞石癡死, 固將大笑, 以爲歸眞,
噴飯如飛蜂, 絶纓如拉朽. 石癡眞死. 耳郭已爛, 眼珠已朽, 眞乃不聞不
覩. 酌酒酹之, 眞乃不飮不醉. 平日所與石癡飮徒, 眞乃罷去不顧. 固將
罷去不顧, 則相與會酌一大盃. (朴趾源『燕巖集』「祭鄭石癡文」)

산 사람이 슬프다

죽은 사람은 자신의 죽음이 슬프다는 것을 모르는 것과 산 사람은 이 사실을 알기 때문에 슬픈 것 가운데 어느 것이 더 슬플까? 누군가는 말한다. "죽은 사람이 슬프다. 죽은 사람은 자기 죽음이 슬퍼할 만한 것을 모를 뿐 아니라, 산 사람이 그의 죽음이 슬퍼할 만한 일임을 슬퍼하는 줄도 모르니 이야말로 슬퍼할 만한 일이다." 어떤 이는 말한다. "산 사람이 슬프다. 죽은 사람은 이미 아무것도 몰라 슬퍼할 만한 것을 슬퍼하지 않으나, 산 사람은 날마다 그를 생각하여 생각하고 또 생각한다. 생각하면 슬퍼서, 빨리 죽어 아무것도 모르게 되기를 바라니, 이야말로 슬퍼할 만한 일이다."

… 나는 유경집의 죽음에 대해서 단언한다. 산 사람이 슬프다. 혹독한 고통이 뼈를 찌르기로는 나는 믿었는데 상대방이 속이는 것만 한 일이 없고, 속임 당한 가장 큰 고통은 가장 친하고 다정한 이가 문득 나를 등지고 떠나는 일이다. 세상에서 가장 친하고 다정하기로는 손자와 할아버지, 아들과 아버지,

남편과 아내 사이 같은 경우이다. 그런데도 경집은 조금도 지체하지 않고 하루아침에 등을 돌리고 말았다. 또한 믿어 의심이 없기로는 그 어느 것이 경집의 재주와 외모로 보아 장래가 크게 기대되는 일과 같겠는가. 그런데도 마침내 상식과 이치에 어긋나기가 이와 같았다. 그러니 어찌 원망스럽고 한스러워 혹독한 고통이 뼈를 찌르지 않을 수 있겠는가.

박지원 『연암집』 「유경집애사」

산 자와 죽은 자 가운데 누가 더 슬플까? 작가는 산 사람이 더 슬프다고 말한다. 왜냐? 가장 혹독한 고통은 믿었던 상대방이 속이는 일이다. 당한 속임 중에서도 가장 큰 고통을 주는 것은 사랑했던 이가 갑자기 떠나 버리는 일이다. 세상에서 가장 사랑하는 관계는 가족 관계이다. 그러니 사랑하는 자식이 죽거나, 배우자가 죽거나, 손자가 죽는 일보다 혹독한 슬픔은 없다.

윗글은 스물두 살에 요절한 유경집을 애도한 글이다. 연암은 그의 아버지와 친구 사이였다. 친구의 아들이 요절하자 그를 슬퍼하여 연암이 추도문을 써준 것이다. 경집의 할아버지는 자식이 경집의 부친뿐이었다. 그러다 보니 경집이 태어나자 자기 아들처럼 키웠다. 경집의 부모는 할아버지의 마음을 헤아려 감히 스스로 자기 아들이라 생각을 안 했고, 경집은 어릴 적부터 할아버지를 아버지처럼 여기고 자랐다. 그런 경집이 스물두 살에 병에 걸려 죽고 말았다. 경집의 부모는 혹여 늙은 부모의 마음을 아프게 할까 봐 소리 내어 곡도 못했고, 할아버지도 혹 아들의 슬픔을 크게 할까 봐 손자의 죽음에 크게 울지도 못했다. 경집의 아내도 감히 죽지도 못하고 곡도 못한 채 속으로만 통곡해야 했다. 이 사정을 지켜본 연암이 경집의 죽음을 슬퍼하며 애사를 짓게 된 것이다.

경집은 할아버지의 손자이자 아버지의 자식이었고 아내의 남편이었다. 그 재주와 외모로 보아 장래가 확실하게 기대되는 사람이기도 했다. 그런 믿음을 깨뜨리고 일찍 세상을 떠났으니 그 한스러움이 살아 있는 자들에게 뼈를 찌르는 고통을 주는 것이다.

가족의 죽음 앞에서 남아 있는 자들은 죄책감을 짊어진 채 큰 고통 속에 살아간다. 죽은 자는 떠나면 그뿐이지만, 산 자는 죽은 자에게 못다 베푼 마음을 한으로 품고 살아간다. 어찌 산 자가 더 슬프지 않겠는가.

死而不知死之悲, 生而知死者之不知其死之可悲之可悲孰悲. 或曰死
者悲. 死者不知其死之可悲, 又不知生者之悲其死之可悲是可悲. 或曰
生者悲. 死者旣昧昧然無悲可悲, 生者則日日思之, 思之又思. 思之則
悲, 欲溘然而無知是可悲. … 余於兪生景集之沒, 而斷之曰, 生者悲.
凡人情之最怨恨痛毒刺骨者, 莫若我信而彼欺, 受欺之苦, 莫苦乎最親
而有情者, 忽然背我而去之. 然則天下之最親而有情者, 夫孰如孫之於
祖, 子之於父, 夫之於婦. 而一朝背之, 曾不少遲. 其信而無疑, 孰如景
集之才貌可以有爲. 而今乃舛常斁理之如斯, 安得不怨恨痛毒刺骨? (朴
趾源『燕巖集』「兪景集哀辭」)

견딜 수 없는 슬픔

처음에 왔던 곳은 어디이며

마침내 떠나는 곳 또한 어디인가.

오는 것도 한때이고

가는 것도 한때이다.

나고 죽는 것은 진실로 정해져 있으니

아득한 옛날부터 모두 그랬네.

나 일찍부터 이 사실 살펴보고

가슴속에 의구심 품지 않았는데

어이해 이 옹 세상 떠나자

깊은 슬픔 견디기 어려울까.

신흠 『상촌집』 「술을 마시며」 1수

사람이 태어나 죽는 것은 자연의 정해진 이치이다. 누구도 죽음을 피할 수는 없다. 태어나는 곳도 죽는 곳도 정해져 있지 않다. 모든 생명은 어딘가로부터 와서 머물러 붙어살다가 잠시 후엔 떠난다. 그러니 떠나가는 것에 미련을 가질 것도, 두려워할 것도 없다. 이 이치를 알고 있음에도 왜 지우가 세상을 떠나자 깊은 슬픔을 견디기 어려운 걸까? 비록 더 좋은 세상으로 떠난다 해도 지금 당장 이곳에서 그를 볼 수 없고 더 말을 나눌 수도 없다는 속상함과 더불어 경험해 보지 못한 저세상에 대한 복잡한 심경에 슬픔을 가누지 못하는 것이다.

신흠이 막역한 친구였던 추포秋浦 황신黃愼(1560-1617)의 죽음을 슬퍼하며 쓴 시이다. 추포는 1613년 계축옥사 때 관직을 빼앗긴 후 옹진에 유배되어 그곳에서 죽었다. 삶과 죽음의 이치를 잘 깨달은 자일지라도 막역한 이와의 이별 앞에선 견딜 수 없는 슬픔에 아파하는 것이 죽음이란 것이다.

初來自何所, 旣去亦何之. 來也亦一時, 去也亦一時. 生死固有常, 曠古皆若茲. 我昔觀實際, 胸中了滯疑. 如何此翁沒, 深哀苦難持. (申欽『象村集』「飮酒」1수)

갑작스런 부음을 듣고

서울에서 서로 만난 지난해 떠올리니

그대 얼굴 갑자기 늙어 이상했었지.

봄에는 안부 편지 와서 기뻤는데

늦가을 부음 전해 듣고 놀랐다네.

그대 정에 보답 못해 마음에 걸렸는데

저승 세계 길이 막혀 회한도 끝없어라.

애도의 글 멀리 그대 있는 곳에 부치나니

지는 해는 유유히 하늘로 떨어지네.

기대승 『고봉속집』 「지인을 애도하며」

친밀하게 지내던 사람도 어느 순간에는 소식마저 뜸해질 때가

있다. 어느 날 우연히 이웃사촌으로 지내던 사람을 서울에서 마주

쳤다. 오랜만에 보니 반갑기도 하지만 그새 얼굴이 팍 늙어버려 깜

짝 놀랐다. 차마 물어보지는 못하고 그새 힘든 일이 있었나보다 추측할 따름이다. 서로 연락처를 주고받고 헤어진 이듬해 봄에 그가 고맙게도 먼 곳에서 안부를 전해왔다. 하지만 늦가을 어느 날 갑자기 그가 죽었다는 부고 소식이 날아왔다. 그제야 저번에 서울에서 느꼈던 해쓱했던 얼굴의 의미를 알 것 같았다. 왜 평소에 그에게 잘해주지 못했을까. 받기만 하고 떠나보냈구나. 좀 더 살갑게 대해주지 못했다는 후회가 밀려온다. 뉘우치는 마음으로 애도 시를 지어 그가 묻힌 고향으로 보내지만, 그에게 마음 전할 길이 없음이 안타깝기만 하다.

나의 죽음에 대해서는 두려움을 느끼지만 남의 죽음에 대해서는 잘해주지 못한 것에 대한 죄책감과 후회의 감정을 느낀다고 한다. '좀 더 잘해줄걸.', '평소 너무 무심했어.', '왜 그까짓 일로 화를 냈을까?' 하지만 후회한들 이미 그는 떠나고 없다. 적게 후회하려면 가까운 이에게 좀 더 살뜰하고, 한 번이라도 더 안부를 물어야 하리라.

洛下相逢憶去年, 怊君容鬢遽衰然. 春來喜有音書至, 秋晚驚聞訃報傳. 情信未酬懷耿耿, 幽明長隔恨綿綿. 挽歌寄與湖南遠, 斜日悠悠下素天. (奇大升『高峰續集』「挽人」)

이웃의 죽음

서울에서 이웃하며 지내다가
호서에서 뜻밖에 우연히 만났었지.
모임 있으면 신경 써서 찾아 줬고
멀리서도 간간이 소식을 전해 왔네.
바람 앞의 등불 너무 빨리 꺼졌구나.
무덤 길엔 묵은 풀만 우거졌어라.
남쪽 구름 끝없이 흘러가는데
애도 시 부치니 눈물이 떨어지네.

장유 『계곡집』「지인을 애도하며」

서울에서 사이좋게 지내던 이웃이 문득 이사를 떠났다. 오랫동
안 헤어졌다가 충청도에서 뜻밖에 우연히 다시 만나게 되었다. 이
후로 그는 모임이 있으면 일부러 찾아와 주었고 떨어져 있을 때도

간간이 안부를 물어왔다. 그러나 건강할 것만 같았던 그가 갑자기 세상을 떠나고 말았다. 이제 그가 잠들어 있는 무덤 길엔 묵은 풀만 우거져 있다. 구름은 남녘을 향해 무심히 흘러가는데, 눈물 떨구며 그가 잠든 곳을 향해 애도 시를 부친다.

어제 아침 출근길에 다정히 인사하던 이의 부음 소식을 오늘 아침에 전해 듣는 것이 인생이다. 모든 인생은 언제가 인연을 남겨두고 문득 떠난다. 그러나 떠나는 자가 더 나은 건지 남는 자가 더 나은지는 아무도 모른다. 오직 신만이 알 것이다.

洛下比鄰日, 湖中邂逅時. 丁寧尋舊社, 契闊間交期. 短世風燈促, 新阡宿草滋. 南雲飛不盡, 寄挽淚雙垂. (張維『谿谷集』「挽人」)

요절과 장수

슬프다, 이호여! 세상에서 장수했느니 요절했느니 하는 말, 나
는 그것이 무슨 말인지 모르겠다. 사람이 오래 산 것을 세상에
서는 장수했다고 말하나 하늘의 기준으론 반드시 오랜 것은
아니며, 사람이 짧게 산 것을 세상에서는 요절했다고 말하나
하늘의 기준으론 반드시 짧은 것은 아니다. 그러므로 하늘의
기준으로 길게 살고 사람의 기준으로 짧게 산 것을 남들은 요
절이라고 하나 나는 장수했다고 본다. 슬프다, 이호여! 이 이치
를 아는 자가 누구인가?

장유 『계곡집』 「김이호의 제문」

평소 가깝던 벗 이호가 스물다섯의 나이에 갑자기 세상을 떠났
다. 장유는 고인을 위로한다. 사람이 오래 살면 장수했다고 말한
다. 그러나 하늘의 기준으로 보면 백 년 인생도 고작 한 점의 순간

일 뿐이다. 젊은 나이에 죽으면 요절했다고 한다. 그러나 하늘의 기준으로 보면 짧게 살았다고 할 수도 없다. 사람의 기준과 하늘의 기준은 다르다. 이호는 질병과 죽음 앞에서 꿋꿋하고 단단한 의지를 지켜냈다. 질병으로 육신은 고달팠으나 정신이 꺾이지 않고 단단한 마음으로 견뎌냈다. 그는 죽는 순간까지 또렷한 정신을 갖고 본래의 뜻을 지켰다. 병과 죽음이 그를 망치기까지 짧은 시간이 걸렸지만 그의 마음과 뜻을 어지럽히지는 못했다. 그는 스물다섯이라는 나이에 죽어 사람의 기준으로는 짧은 시간을 살다 갔지만 그의 정신은 목숨이 끊어지는 찰나까지 오랫동안 한결같았다. 그러므로 이호 군이 인간이 보기에는 요절한 것이겠지만, 하늘의 시각에서 보면 장수했다고 말하련다.

이호는 어머니와 아내와 어린아이를 남겨두고 세상을 떠났다. 사람의 정으로 보자면 지극히 아프고 괴로운 일이다. 그러나 이호를 위해 보자면 이는 부차적인 일일 뿐이다. 정말로 원통한 일은 그의 능력으로 보건대 훌륭한 자취를 남길 수 있었음에도 후대에 이름을 떨칠 기회를 하늘이 열어주지 않은 것이다. 하지만 한 인간의 안타까운 죽음에 대해 어느 누가 요절했다는 둥 장수했다는 둥 평가할 수 있겠는가? 우리는 그저 하루하루를 성실하게 살면 그뿐인 것이다.

吁嗟而好, 世之所謂壽夭云者, 吾不知其何說也. 長於人者, 世謂之壽, 而未必長於天, 短於人者, 世謂之夭, 而未必短於天. 然則有長於天而短於人者, 則是人所夭而我所壽也. 吁嗟而好, 知此者誰哉? (張維『谿谷集』「祭金而好文」)

이름 없이 죽은 전사자들에게

슬프다! 삶이 끝이 있음은 예나 지금이나 탄식하는 바이나 이름이 썩지 않으려면 충忠과 의義를 우선해야 한다. 그대들은 활을 당기느라 몸을 고달프게 하고 적진을 뚫느라 힘을 다했다. 날랜 용사의 대열에서 기세를 떨치고 군진 앞에서 제 몸을 잊었다. 창과 방패를 들고 용맹을 한껏 떨쳤으니, 침대 위에서 죽는 부끄러움은 진정 면했다.

지금 들판의 풀은 푸른 빛이고 숲의 꾀꼬리는 곱게 운다. 아득히 가는 냇물은 공연히 한을 남긴 채 끝없이 흘러가는데 여기저기 모여 있는 거친 무덤마다 혼령이 있는 줄 그 누가 알겠는가. 내가 묵념하는 것은 그대들이 세운 공로이고, 내가 아파하는 건 좋은 계절을 맞이한 것이다. 변변찮은 술과 안주를 차려 영혼을 위로하노니 그대들은 적과 맞서 싸울 것을 함께 도모하였고, 고향으로 돌아갈 생각한 온서溫序를 본받지 않았다. 장한 뜻을 제대로 이루었으니, 이것이 이른바 숨은 공陰功이라 하겠다.

최치원 『계원필경집』 「전사한 장병을 한식에 제사 지낸 글」

생명에는 반드시 끝이 있다. 그러나 사람은 죽어서 이름을 남기기도 한다. 저 무덤 속 무명無名의 전사자들이여! 그대들은 자신의 목숨보다 충과 의를 앞세워 싸우다 희생했으니 이름이 썩지 않고 영원히 살아있다고 하겠다. 그대들은 치열한 전쟁터에서 온 힘을 다해 몸을 바쳤다. 용맹스럽게 싸우다 의미 있게 죽었으니 집에서 편안하게 죽는 죽음과는 비교할 수 없다고 하겠다. 그러나 이제 세월은 바뀌어 들풀은 온통 푸르고 온갖 새들은 아름답게 지저귀고 있다. 평화로운 좋은 시절을 맞이했건만 그대들은 차가운 무덤 속에 잠들어 있구나. 시절의 아름다움을 슬퍼하고 그대들의 공을 묵념하노라. 그대들은 비겁한 생각을 품지 않고 적과 끝까지 맞서 싸우다 죽었으니 장한 뜻을 온전히 이룬 자라고 하겠다.

최치원이 전쟁터에서 죽은 무명 용사들의 넋을 위로하기 위해 한식날 지은 제문이다. 우리가 지금 평화로운 세상에서 살고 있다면, 나라와 가족을 지키기 위해 싸우다 죽은 이름 없는 순국선열들 덕분이다. 전사자의 죽음은 부질없는 죽음이 아니라 나라와 가족을 지킨 값진 죽음이다.

嗚呼! 生也有涯, 古今所歎. 名之不朽, 忠義爲先. 爾等彍弩勞身, 蒙輪
逞力. 奮氣於熊羆之列, 忘形於鵝鸛之前. 能衍勇於干戈, 固免憨於牀
笫. 今也野草綠色, 林鶯好音, 杳杳逝川, 空流恨而無極, 累累荒塚, 誰
驗魂之有知? 我所念兮舊功勞, 我所傷兮好時節. 俾陳薄酹, 用慰冥遊,
共謀抗賊於杜回, 無效懷歸於溫序. 能成壯志, 是謂陰功. (崔致遠『桂苑
筆耕集』「寒食祭陣亡將士文」)

공은 세상을 싫어했지요

아무 해 아무 달 아무 날에 정수 노인을 장사지냈다. 일가인 내가 술잔을 들어 그를 떠나보내며 말했다. "공은 세상에 있을 때 늘 세상을 싫어했지요. 이제 가시는 곳은 옷과 음식을 장만하는 일, 혼사와 상례 절차, 손님 맞는 일, 편지 안부 묻는 예법, 그리고 염량세태와 시비 소리도 없고 다만 맑은 바람과 밝은 달빛, 들꽃과 산새만 있을 뿐입니다. 공은 이제부터 영원히 한가로울 것입니다. 내 마음을 아는 말이라 하여 분명 고개를 끄덕이겠지요. 흠향하소서."

이용휴 『탄만집』 「정수 노인을 조문하며」

먼 친척뻘인 정수 노인이 세상을 떠났다. 평소에 세상을 싫어한 것으로 보아 정수 노인은 틀림없이 힘겨운 삶을 살았으리라. 삶은 늘 먹고 사는 일로 힘에 부친다. 인간관계는 고달프고 나를 얽어

매는 것들은 참으로 많다. 세상은 옳으니 그르니 하는 아귀다툼으로 항상 시끄럽다. 죽어서 가는 세계는 복잡한 인간관계며 시끌시끌한 다툼이 없는 곳, 오직 사시사철 맑은 바람 불고 꽃과 새들이 어우러진 평화로운 세상. 이제 그 세상으로 가니 공은 비로소 영원한 평안과 안식을 누릴 것이다.

개똥밭에 굴러도 이승이 좋다지만, 현재가 심히 고달픈 사람에겐 죽음의 세계마저 그리울 때가 있는 법이다. 고인의 고달픔을 이해하고 세상을 자유롭게 살고픈 작가의 속마음이 읽힌다.

某年月日, 蒱叟老人將大歸. 宗人某擧觴而送之曰, 公雖在世, 而常厭世. 今所歸處, 無衣食之營婚喪之節, 迎候拜揖, 書牘問遺禮, 又無炎涼之態是非之聲, 只有淸風明月, 野花山鳥. 公可從此而長閒矣. 知心之言, 想應頷之. 尙饗. (李用休『欵欵集』「祭蒱叟文」)

눈물이 나도 울지 못하네

입이 있은들 어찌 말할 수 있으랴.

눈물이 나도 감히 울지 못하네.

베개 만지며 남이 엿볼까 두려워

소리를 삼키며 몰래 눈물 삼키네.

그 누가 예리한 칼을 갖고서

나의 슬픈 마음 통렬하게 베어주리.

이항복 『백사집』 「정릉을 위한 만시」

    모든 인생이 편안하게 끝이 나는 것은 아니다. 어떤 사람은 많은 사람의 애도 속에 편안히 잠들지만, 누군가는 외롭게 죽고 어떤 이는 억울하게 죽기도 한다. 위의 시는 한 인간의 억울한 죽음을 배경으로 한다.

    기축옥사己丑獄事가 일어나자 우의정이었던 정언신鄭彦信이 죄에 연루되어 곤장을 맞고 갑산으로 귀양을 갔다. 아들인 정율鄭慄이 아버지를 위해 단식을 하다가 피를 토하고 죽었다. 사람들은 자칫하면 자신도 반역죄에 연루될까 두려워 그 집안을 멀리했고, 일가친척도 장례식 참석을 꺼렸다. 그때 두 부자의 억울함을 잘 알고 있던 백사 이항복이 장례식에 찾아와, 깍듯이 문상을 하고 집안사람들도 모르게 관 속에 몰래 시 한 수를 넣었다. 삼십 년이 지난 후 정율의 아들이 아버지의 관을 옮기기 위해 관을 열다가 시를 발견했다. 삼십 년이 지났음에도 종이와 먹빛이 그대로였다고 한다.

有口豈復言, 有淚不敢哭. 撫枕畏人窺, 吞聲潛飮泣. 誰將快剪刀, 痛割吾心曲. (李恒福『白沙集』「鄭慄挽」)

가버린 친구에게 바침

보고 싶고 다시 보고 싶고
내 그리운 이 보고 싶네.
죽어서 만날 수만 있다면
어이해 나 홀로 살아갈까.
보슬비 내리거나 달빛 환하면
이내 마음 슬픔만 더하네.

어젯밤에 밝게 비추던 달
오늘 저녁 또 동쪽에서 뜨건만
슬프다 내 그리운 이는
어느 때 다시 돌아올거나.
술잔 잡고 지난 추억 떠올리자니
나도 모르게 눈물만 흐르네.

이안눌 『동악집』『금계록』「석주를 애도하며」

친구는 가까이 두고 오래 사귄 사람이란 뜻으로 예전엔 붕우朋友로도 불렀다. 벗 붕朋은 새의 양 날개羽에서 뜻을 취해 왔고 벗우友는 오른손又과 왼손屮을 합쳐 만들었다. 곧 친구는 새의 양 날개, 사람의 두 손과 같이 어느 하나가 없어지면 다른 하나가 쓸모 없어지는 관계이다. 그런 친구가 먼저 세상을 떠났다. 보고 싶고 또 보고 싶은 그대여! 죽어서 다시 만날 수만 있다면 왜 구태여 혼자 살아가겠는가? 보슬보슬 비 내리거나 달 뜬 날엔 그대와 함께 술잔 기울이던 추억이 새록새록 떠올라 마음만 더욱 아련해진다.

동악 이안눌이 절친이었던 석주 권필의 죽음을 애통하며 쓴 시이다. 둘은 어린 시절부터 즐거움과 괴로움을 함께 나눈 막역지우였다. 이안눌은 권필을 두고 "온 세상에서 나를 알아주는 오직 한 사람[四海一知己]"이라고 표현했다. 하지만 불행하게도 권필은 세태를 풍자한 시를 지어 광해군의 노여움을 사게 되었다. 권필은 혹독한 심문을 받고 귀양 가던 도중에 술을 가득 부어 마시고 나서 숨을 거두고 말았다. 한 뛰어난 천재 시인이 한 편의 시 때문에 억울한 죽음에 이르고 만 것이다. 그때 권필의 나이 마흔넷이었다. 그날 문밖에는 복사꽃이 흐드러지게 흩날리고 있었다. 소식을 들은 이안눌은 "누가 알았으랴! 글자 하나가 평생의 몸을 잃게 할 줄을."이라며 친구의 참혹한 죽음에 절규했다. "내가 오래 산 것이 한스러운 것이 아니라 내게 눈 있는 것이 한스러울 뿐. 다시는 이 사람 보지 못하리니 험한 길에 부질없이 눈물만 흐른다." 라며 영영 친구를 볼 수 없다는 사실에 애통해했다.

이제 밝은 달빛 비치는 좋은 밤에도 함께 마음 나눌 벗이 없으니 살아 지낸들 무슨 즐거움이 있으랴!

欲見復欲見, 欲見吾所思. 死去儻相見, 何用獨生爲. 雨蕭蕭月皎皎, 益使心傷悲.

昨夜明明月, 今夕又東來. 可憐吾所思, 何日得重廻. 執巵酒懷舊事, 不覺涕泗灌. (李安訥『東岳集』『錦溪錄』「嗚呼謠二闋」)

다시 돌아오지 못하는 인생

가장 마음 상하게 하는 건 저 무덤들
한 번 떠난 인생은 다신 돌아오지 못하누나.
죽고 사는 일 부귀로 바꿀 수 있다면야
왕과 제후들 어이해 무덤 안에 있을까.

채소염 『조선해어화사』 「임을 애도하며」

떠나간 임은 다시 돌아오기도 하지만 한번 떠난 인생은 결코 돌아오지 못한다. 인생은 죽으면 끝이다. 아무리 억만금을 준다 해도 죽음 대신 삶을 살 수는 없으며, 아무리 큰 권력을 가지고 있다한들 죽음을 삶으로 바꿀 수는 없다. 천하를 호령했던 제왕과 제후들, 어마어마한 돈을 갖고 있던 부자들도 죽음을 피하지 못하고 모두 무덤 속에 묻혔다. 돈도, 명예도, 사랑도 죽음 앞에서는 다 무의미할 뿐이니 어찌 인생이 허망하지 않으랴.

작가는 조선조 평안도 기생인 채소염蔡小琰이다. 기녀는 한 사람과 오랫동안 사랑을 나눌 수 없는 운명을 짊어진 존재였다. 유한함에 대한 예민한 감수성이 삶과 죽음에 대한 깊은 성찰로 이어지고 있다.

傷心最是北邙山, 一去人生不再還. 若謂死生論富貴, 王候何在夜臺間. (蔡小琰『朝鮮解語花史』「挽人」)

무덤을 지나며

매양 봄바람이 불어 초목이 싹 트고 나비가 문득 향기로운 풀에 가득할 때면 승려 몇 사람과 함께 술을 들고 옛 무덤 사이를 노닐었다. 무덤이 연달아 총총히 있는 것을 보고는 술 한 잔 따라 붓고서 말했다. "무덤 속의 사람들이여, 이 술을 마셨는가? 그대가 옛날 세상에 있을 때 송곳 끝마냥 작은 이익을 다투고, 티끌 같은 재물을 모으느라 눈썹을 치켜세우고 눈을 부릅뜨며, 애쓰고 아등바등하며 손에 움켜쥐려고만 했는가? 이성을 그리고 고운 짝을 찾느라 육정은 불타고 음욕이 솟구쳐 여색에 노닐며, 따뜻한 보금자리에서 단꿈 꾸느라 천지간에 다시 다른 일이 있는 줄 알지 못했던가? 또한 집안의 세력을 빙자하여 남을 오만하게 대하고, 의지할 데 없는 사람에게 으스대며 스스로 높인 적이 있는가? 그대가 세상을 떠날 때 한 꾸러미의 돈이라도 가지고 갔는가? 지금 그대는 부부가 한 무덤 속에서 예전처럼 즐기고 있는가? 내가 지금 그대를 이같이 곤란하게 하는데도 그대는 나를 한마디라도 꾸짖을 수 있는가?"

이같이 수작하고 돌아오면 해는 뉘엿뉘엿 서산에 걸려 있다.

정약용 『다산시문집』 「초의선사 의순에게 주는 말」

한 일화에 따르면 알렉산더 대왕은 자신이 죽을 때 빈손을 관 밖으로 꺼내 달라고 유언했다. 천하를 얻고 절대 권력을 거머쥐었지만 죽을 때는 빈손으로 떠난다는 걸 보여주고자 한 것이다. 살아 있는 날에 마음껏 즐기며 살다가 죽고 나면 한 줌 흙이 되어 무덤으로 들어가는 게 인생이다. 그럼에도 왜 우리는 작은 이익에 연연해하며 소중한 인연끼리 다투고 할퀴었던가? 재물에만 눈에 불을 켜고 아등바등 애쓰고 움켜쥐려고 했던가? 혈기 왕성한 시절에 정욕에 탐닉하며 몸과 시간을 함부로 썼던가? 내가 많이 가졌다고 남을 비웃고 무시하며, 약자를 함부로 대하며 잘난 체를 했던가? 사소한 자존심 때문에 양보하지 못해 부부간에 크게 다투고 상대방에게 상처를 주었던가? 아무리 똑똑하고 많이 가진들 죽을 때는 빈손으로 가는 게 인생이다.

메멘토 모리(memento mori)! 죽음을 기억하라는 뜻이다. 과거 로마에서는 전쟁에서 승리를 거두고 시가행진을 할 때 노예들을 행렬 뒤에 따라오게 하면서 '메멘토 모리'를 외치게 했다고 한다. 오늘은 개선장군이지만 언젠가는 반드시 죽는다는 사실을 기억함으로써 겸손하게 살라는 의미를 담은 것이다. 우리는 곧 반드시 죽을 것이다. 죽음을 기억하는 것은, 죽기 위해서가 아니라 겸손하게 제대로 살기 위해서이다. 무덤으로 갈 날은 얼마 남지 않았다. 죽음을 기억한다면 인연을 좀 더 소중하게 여기고 삶을 좀 더 아끼며 살아갈 것이다.

　윗글은 다산이 사제 관계였던 초의선사에게 주는 글 가운데 일부이다.

每春風始動, 草木萌芽, 胡蝶忽然滿芳草, 與法侶數人, 携酒游於古塚之間. 見蓬科馬鬣, 纍纍叢叢, 試酌一㯠澆之曰, 冥漠君能飮此酒無? 君昔在世, 亦嘗爭錐刀之利, 聚塵刹之貨, 撑眉努目, 役役勞勞, 唯握固是力否? 亦嘗慕類索儷, 肉情火熱, 淫慾水涌, 暱暱於溫柔之鄕, 頷頷於軟煗之窠, 不知天地間更有何事否? 亦嘗憑其家世, 傲物輕人, 咆哮煢獨, 以自尊否? 不知君去時, 能手持一文錢否? 今君夫婦合窆, 能歡樂如平昔否? 我今困君如此, 君能咄我一聲否? 如是酬酢而還, 日冉冉掛西峯矣. (丁若鏞 『茶山詩文集』 「爲草衣僧意洵贈言」)

2부

나는 흰머리가 좋아라

1장

노년이 되어서야 깨우치다

모든 인생은 늙는다. 늙음의 진짜 문제는 얼굴에 주름이 생기는 것이 아니라 마음에 주름이 늘어가는 것이다. 어떻게 늙어가야 하는지를 알고 있는 사람은 별로 없다.

늙어서도 할 수 있는 일은 여전히 많다. 늙음이 가져다주는 지혜는 오래 묵힌 포도주처럼 깊고 그윽하다. 늙어갈수록 더욱 정신을 가다듬고 분발의 마음을 지닐 일이다. 늙어서 경계해야 하는 것과 늙어서도 할 수 있는 일을 잘 살펴서 자연의 이치를 따라 욕심내지 말고 살아야 할 것이다. 천천히 부드럽게 살아야 오랫동안 지속한다.

저녁노을이 더 아름답다

날이 저물면 오히려 노을은 더욱 아름답게 빛나고, 한 해가 저물어 갈 때 감귤은 향기를 풍긴다. 그러므로 말년 길 늘그막에 군자는 마땅히 정신을 백배 가다듬어야 한다.

홍자성 『채근담』

저물녘의 노을은 한낮의 하늘과는 비교할 수 없을 만큼 신비하고 아름답게 하늘을 물들인다. 오렌지와 귤은 한 해가 저물어갈 때 더욱 진한 향기를 자아낸다. 인생도 마찬가지다. 늙어갈수록 젊은 시절엔 지닐 수 없었던 지혜가 풍성해진다. 젊음이 패기와 용기를 준다면 늙음은 지혜와 성숙을 가져다준다.

늙음은 모든 생명체에게 나타나는 자연스러운 생리 현상이다. 늙음의 진짜 문제는 얼굴에 주름이 생기는 것이 아니라 마음에 주름이 늘어가는 것이다. 육신은 노쇠해지더라도 마음이 낡아서는 안 된다. 늙어서 할 수 있는 일은 더욱 많다. 그러므로 늙어갈수록 더욱 정신을 가다듬고 분발의 마음을 지녀야 한다. 프랑스의 화가인 폴 고갱은 "나이가 들수록 눈이 밝아져 세상이 더 속속들이 보인다."라고 했다. 후한 광무제 때 장수인 마원은 "대장부가 뜻을 품었으면 궁하게 되어도 더욱 굳세고, 늙어서도 더욱 씩씩해야 한다."라고 했다. 늙어서야 비로소 세상을 놀라게 한 이들은 수없이 많다. 나이를 먹는 것이 문제가 아니라 열정이 사그라드는 것이 문제일 뿐이다.

日旣暮而猶烟霞絢爛, 歲將晚而更橙橘芳馨. 故末路晚年, 君子更宜精神百倍. (洪自誠『菜根譚』)

물욕을 조심하라

군자에게 세 가지 경계해야 할 것이 있다. 젊을 때는 혈기가 안정되지 않았으므로 경계할 것이 색色에 있고, 장성해서는 혈기가 한창 강하므로 경계할 것이 싸움에 있으며, 늙으면 혈기가 쇠잔해지므로 경계할 것이 물욕에 있다.

『논어』 『계씨』

젊은 시절엔 혈기가 치솟고 감정이 앞서기 쉬우므로 색정色情을 조절할 수 있어야 한다. 30, 40대에는 혈기가 강하고 성취욕도 강하므로 다툼을 멀리하고 협력할 줄 알아야 한다. 50세 이후에는 혈기가 쇠잔해지므로 욕정은 줄어들지만 대신 재물이나 음식 등의 탐욕을 조심해야 한다. 탐욕은 나이의 많고 적음, 지위의 높고 낮음을 가리지 않는다. 아니, 늙어갈수록 탐욕에 휘둘려 더욱 움켜쥐려는 사람들이 있다. 탐욕이 지나치면 짐승과 다를 바 없어

진다. 젊은 시절엔 꽃을 꺾으려 하겠지만 늙어서는 그대로 바라볼
줄 알아야 한다. 지혜로운 노인은 움켜쥐려고 하지 않고 그대로
놓아둔다.

孔子曰, 君子有三戒. 少之時, 血氣未定, 戒之在色. 及其壯也, 血氣方
剛, 戒之在鬪. 及其老也, 血氣旣衰, 戒之在得. (『論語』 『季氏』)

늙으면 가르치라

군자에게는 세 가지 생각해야 할 것이 있으니, 이를 생각하지 않으면 안 된다. 어려서 공부하지 않으면 나이 들어 할 수 있는 것이 없고, 늙어서 가르치지 않으면 죽어서 생각해 주는 사람이 없으며, 있을 때 베풀지 않으면 곤궁에 처했을 때 도와줄 사람이 없다. 그러므로 군자는 젊어서는 나이 든 다음을 생각해 공부하고, 늙어서는 죽은 뒤를 생각해 남을 가르치며, 풍족할 때는 곤궁할 때를 생각해 베풀어야 한다.

『순자』『법행』

젊은 시절 부지런히 공부하지 않으면 미래에 할 수 있는 것이 적다. 나이가 들어서도 남을 가르칠 만한 덕망이 없다면 죽고 나서 슬퍼해 줄 사람이 없다. 갖고 있을 때 주위 사람들에게 베풀 줄 모르면 자신이 곤궁할 때 아무도 도와주지 않는다. 젊을 때 열심히 공부하라. 노후가 편안해질 것이다. 늙어서는 탐욕을 멀리하고 남을 인도하라. 죽으면 많은 사람이 슬퍼할 것이다. 있을 때 주위 사람들에게 잘하라. 내가 어려움을 겪을 때 많은 도움의 손길이 기다릴 것이다.

君子有三思, 而不可不思也. 少而不學, 長無能也. 老而不敎, 死無思也. 有而不施, 窮無與也. 是故君子, 少思長則學, 老思死則敎, 有思窮則有施也. (『荀子』『法行』)

세월은 사람을 기다리지 않네

인생은 뿌리도 꼭지도 없이

길 위의 먼지처럼 떠다니는 것.

나뉘어 흩어져 바람 따라 굴러다니니

이는 변함없는 몸이 아니라네.

태어나면 모두 형제 되는 것.

어찌 꼭 한 핏줄이어야 하리.

기쁠 때는 응당 즐겨야 하니

한 말 술로 이웃과 어울려보네.

젊은 날은 다시 오지 않고

하루에 새벽은 두 번 오지 않는다.

젊을 때 마땅히 힘쓰라.

세월은 사람을 기다리지 않는다.

도연명 『도연명집』 「잡시」

인생은 부평초처럼 뿌리를 정착시키지 못한 채 떠다니는 나그네 같은 것이다. 길 위의 먼지처럼 떠다니다가 '어?' 하는 사이에 늙음이 찾아온다. 당나라 시인인 임관林寬은 「소년행少年行」에서 "밝은 날 헛되이 보내지 말라. 청춘은 다시 오지 않는다."라고 하여 젊은 날의 헛된 삶을 반성하고 의미 있게 살아갈 것을 권고한다.

하루에 새벽은 두 번 오지 않듯이 젊은 날은 다시 오지 않는다. 아무 고민 없이 방탕하게 노는 사이 젊음은 순식간에 가 버리고 아름다운 얼굴은 삽시간에 푸석해진다. '더 열심히 살걸.' 후회해도 이미 소용없다. 세월은 앞으로 흘러갈 뿐 사람을 기다려주지 않는다. 젊을 때 힘써 준비하자.

人生無根蔕, 飄如陌上塵. 分散逐風轉, 此已非常身. 落地爲兄弟, 何必骨肉親. 得歡當作樂, 斗酒聚比隣. 盛年不重來, 一日難再晨. 及時當勉勵, 歲月不待人. (陶淵明 『陶淵明集』 「雜詩」)

일생에 쉴 수 있는 날

사람의 병은 쉬지 못해서 생기는데, 세상은 쉬지 않는 것을 즐거움으로 여긴다. 왜일까? 사람의 수명은 길지가 않아서 백 년의 수명을 누리는 자는 만 명에 하나, 둘 뿐이다. 백 세를 산 사람이라도 어릴 때와 늙고 병든 햇수를 제외하면 건강하게 산 날은 불과 40~50년이다. 그 사이에 성공과 실패, 영화로움과 욕됨, 즐거움과 슬픔, 이로움과 해로움이 내게 병이 되어 정신을 해친 경우를 제외하면 웃으며 즐겁고 쾌활하게 쉬었던 날 역시 몇 달에 불과하다. 하물며 백 년도 살지 못하면서 끝없이 근심하고 걱정하고 있다. 이로 인해 세상 사람들은 근심과 걱정에 부림을 당해 끝내 쉴 날을 기약하지 못하는 것이다.

강희맹 『사숙재집』 「만휴정기」

인생은 아무리 길게 살아봐야 고작 백 년이다. 그 가운데 병들고, 다투고, 질투하고, 괴로워하며 아등바등 살았던 날들을 제외하면 웃으며 행복했던 날은 고작 몇 달에 불과하다. 안타깝게도 앞날에 대한 근심 때문에 쉴 날조차 기약하지 못한다. 더욱이 현대인은 쉬고 싶어도 뒤처질까 불안해서 잠시도 쉴 틈이 없다. 하루에도 나를 돌아볼 단 한 시간의 여유도 없이 앞만 향해 달려간다.

인생의 성공은 얼마나 빠르게 가느냐에 있지 않다. 도착했더니 내가 원했던 길이 아니라면 어찌할 것인가? 중요한 것은 속도가 아니라 방향성이다. 달리던 길에서 잠시 멈추어 서서 내가 가고 있는 길이 제대로 된 길인지를 가만히 돌아보자. 제대로 쉬어야 더 멀리 나아갈 수 있다.

人病不休耳, 世以不休爲樂, 何哉? 夫人壽無幾, 得百年之齊者, 萬無一二焉. 設使有之, 除其幼蒙老疾之年, 強剛莅事之時, 不過四五十年. 其間復除其昇沈榮辱, 哀樂利害, 爲吾病而害吾眞者, 得逌然而樂, 快然以休之日, 亦不過數旬焉. 況以非百之年, 應無窮之憂患者哉. 此世人所以役於憂患, 而終無休息之期也. (姜希孟『私淑齋集』「萬休亭記」)

늙음과 촛불

사광師曠이 말했다. "어려서 배우는 것은 해가 막 떠오를 때와 같고, 젊어서 배우는 것은 해가 한가운데 있는 것과 같으며, 늙어서 배우는 것은 밤에 촛불을 들고 있는 것과 같다." 젊은 시절 배우면 더없이 좋지만 이미 늙어 배워도 늦었다고 말하지 말라. 촛불을 밝혀도 어둠은 밝아지니 끊임없이 비추면 밝음은 계속 이어진다. 해와 촛불이 비록 다르지만 밝음은 같고, 그 밝음은 같지만 그 맛은 더욱 참되다. 위나라 무공은 나이 아흔에 시를 지어 늙어서도 더욱 힘썼으니 그는 나의 스승이로다.

정호『장암집』「노학잠」

늙는다는 것은 단순히 나이만 더 늘어나는 것이 아니다. 눈은 침침해지고 피부는 쭈글쭈글해진다. 기운은 갈수록 약해져 매사에 의욕이 떨어지고 곧 죽을 터인데 더 시도해봐야 무슨 의미가 있나 싶다. 화창한 아침과 창창했던 한낮은 지나갔고 곧 어둠이 찾아올 것이다. 조금만 더 지나면 완전히 깜깜해지고 아무것도 할 수 없으리란 생각이 든다.

그러나 작가는 말한다. 늙어 배우는 것이 깜깜한 밤중에 촛불을 켜는 것과 같이 미미하더라도, 어두운 밤을 환히 비추고 계속 켜두면 밝음은 이어진다. 촛불이 해처럼 환하게 비출 수는 없다 해도 촛불의 빛은 어둠을 물러가게 한다. 오히려 밝은 대낮에 비추는 태양보다 한밤중에 비추는 촛불이 밝음의 의미를 더욱 잘 드러낸다.

늙어가는 것이 슬픈 것이 아니라 모든 일에 흥미가 없어지는 것이 슬픈 것이다. 늙어서도 할 수 있는 일은 여전히 많다. 늙음이 가져다주는 지혜는 오래 묵힌 포도주처럼 깊고 그윽하다. 늙어서도 꿈을 꿀 수 있다면, 어둠을 밝히려는 소망을 잃지 않는다면, 늙어간다는 것은 기쁨과 설렘의 골짜기로 들어가는 일이 될 것이다.

師曠有言, 幼而學之, 如日初昇, 壯而學之, 如日中天, 老而學之, 如夜秉燭. 幼壯之學, 無以尚已, 旣老且學, 毋曰晚矣. 以燭照夜, 無暗不明, 燭之不已, 可以繼暘. 暘燭雖殊, 其明則均, 其明則均, 其味愈眞. 所以衛武, 九十作詩, 老而采篤, 其惟我師. (鄭澔『丈巖集』「老學箴」)

인간에게 장수를 주지 않은 이유

대저 장수長壽는 조물주가 가장 중요하게 여기는 것인데, 나무와 바위에 주고 물고기와 거북이에게는 주면서 유독 인간에게 가볍게 주지 않는 건 무슨 까닭일까? 나무와 바위는 스스로 장수할 뿐이라 하늘의 일에 상관하지 않고, 물고기와 거북은 오래 살수록 신령해진다. 오직 인간은 그렇지 않아서 혈기가 쇠하면 지각이 쉽게 혼미해진다. 어떤 사람은 일을 망치고 덕을 손상하기도 하니 그 때문에 하늘이 망설이는 것이 아닐까? 만약 사람이 다행히 하늘이 망설이는 것을 얻었다면 힘쓰고 애써 부지런히 닦아 발전을 추구해야 한다. 그러므로 힘써 일하는 자는 한 시각 하루라도 하늘이 준 지극한 보물을 헛되이 버려 시간을 낭비해서는 안 된다.

이용휴 『탄만집』 「헌납 홍문백의 환갑을 축하하며」

조물주가 가장 중요하게 여기는 것은 온갖 생명이 오래 살도록 돕는 것이다. 그리하여 나무와 바위, 물고기와 거북에게 긴 수명을 주었다. 하지만 만물의 영장이라고 불리는 인간에겐 아무리 길어야 고작 백 년도 안 되는 수명을 주었다. 왜 인간에게 나무와 거북보다 적은 수명을 준 것일까? 나무와 바위는 스스로가 오래 살기에 조물주가 관여하지 않는다. 물고기와 거북은 오래 살수록 신령해진다. 그러나 인간만은 나이를 먹을수록 기력이 쇠하고 정신은 흐리멍덩해지며 기억력은 감퇴한다. 그리하여 노욕을 부리고, 일을 그르치며 노망을 부리기도 한다. 이에 하늘은 주저하고 망설이며 장수를 허락하지 않으려 한다. 그러므로 누군가가 하늘이 망설이는 장수를 누린다면 성실하게 몸과 마음을 닦아 시간을 헛되이 낭비해서는 안 된다.

혜환惠寰 이용휴가 자신보다 열 살 어린 매제의 환갑을 축하하며 쓴 글이다. 매제는 사헌부의 헌납이라는 벼슬을 하고 있었다. 맡은 일에 걸맞게 그 책임을 다하여 나라의 수명을 길게 한다면 매제도 오래 살 것이라는 권면을 담았다.

夫壽者, 造物之所最重者, 而乃予木石焉, 予鱗介焉, 獨於人不輕予者何? 木石自壽而已, 不與於事, 鱗介壽而能益其神焉. 惟人不然, 氣血衰則識易昏. 或有害事而敗德者, 故慳之. 人若幸而得其所慳者, 則當勉勉孜孜, 勤修而求進矣. 然其所用力者, 在隨時隨日, 不可虛擲至寶以爲玩愒也. (李用休『惠寰集』「獻納文伯壽序」)

늙어서는 일하지 말자

누에 늙어 고치 되어도 제 몸은 못 덮고
벌은 주려 가며 꿀 만들어도 다른 사람 차지하네.
알아두자 늙어서도 집안 걱정하는 자
두 벌레의 헛수고와 같음을.

백거이 『백씨장경집』 「스스로를 경계하는 시」

누에는 늙기까지 부지런히 일하여 마침내 고치가 되어 비단실을 뽑아내지만, 자신으로부터 뽑은 실을 한 번도 입어보지 못한 채 생을 마감한다. 꿀벌은 굶주려 가며 날마다 열심히 꿀을 모으지만 끝내는 사람이 다 차지하고 자신은 계속 모으기만 한다. 늙어서도 돈이네 재산이네 욕심낸다면 이 벌레들과 무에 다른가?

명심하자, 늙도록 집안의 크고 작은 일들을 다 챙기면서 악착같이 돈을 벌려는 사람들아. 죽을 때는 다 남 주고 빈손으로 간다.

늙어서는 집안 걱정 바깥 관심 다 줄이고, 나 자신에게 귀를 기울이면서 자신을 즐기며 살아가면 그뿐이다.

蚕老繭成不庇身, 蜂飢蜜熟屬他人. 須知年老憂家者, 恐似二虫虛苦辛. (白居易『白氏長慶集』「自警詩」)

늘그막에 할 일

말을 그쳐야 한다. 마땅히 그쳐야 하는 것은 남 일에 간섭하는 것이니 집안의 일상적 말과 같은 것이야 어찌 다 그칠 수 있겠는가.

경영을 끊어야 한다. 마땅히 끊어야 할 것은 세속의 잡된 일이니 덕을 높이고 학업을 넓히는 공부야 어찌 끊을 수 있겠는가.

마음을 크게 비워야 한다. 나쁜 생각과 잡생각을 일으켜서는 안 되니 경敬을 주장하고 성誠을 생각하는 일을 모두 그만두어야 한다는 것은 아니다.

사시四時에 맡겨야 한다. 모름지기 어영부영 지나쳐서는 안 된다는 뜻을 지녀야 하니 또한 만나는 바에 따라 편안히 하는 도리가 있는 것이다.

장현광 『여헌집』「노인의 할 일」

나이가 들면 다음의 네 가지를 조심해야 한다. 먼저 말을 삼가야 한다. 나이가 들수록 말이 많아진다. 이것저것 남의 일까지 다 참견하고 아는 지식을 다 풀어놓는다. 곁의 사람에게 한마디 기회를 주지 않는다. 그러나 말이 많으면 본인의 기력만 약해지고 주위 사람은 피한다. 집안 돌아가는 일상의 일에 대해서는 뭐라 하겠냐만 남의 일까지 오지랖을 떠는 일은 그쳐야 한다.

또한 외부를 향한 시선을 끊고 자신을 돌보아야 한다. 나이가 들면 세상 돌아가는 온갖 일을 다 아는 양 여기저기 끼어든다. 인품을 키우고 배움을 성장시키는 공부를 해나가야지, 세상일에 일일이 간섭해서 얻는 유익은 없다.

또한 욕심을 내려놓아야 한다. 늙어 탐욕을 부리는 것을 노욕 老慾이라고 한다. 나이가 든다고 욕심이 줄어드는 것이 아니다. 마음을 비우지 못하면 노욕이 더욱 커진다. 공경 敬과 정성 성誠의 의미를 잘 깨우쳐 헛된 욕심과 나쁜 욕망을 끊어야 한다. 비워야 채워진다.

또한 때에 맞게 처리해야 한다. 나이가 들면 기력이 떨어져 일을 대충대충 대수롭지 않게 넘기기 쉽다. 일이 돼가는 대로 허투루 처리해서는 안 된다. 때와 상황에 맞게 순서대로 풀어가야 한다.

止言語. 所當止者, 謂惹涉外間事者也, 若家間恒說, 何可盡止?

絶營爲. 所當絶者, 謂俗間冗務, 若崇德廣業之功, 何可已乎?

心太虛. 謂邪思雜念, 不可作也, 非謂主敬思誠之業, 俱在所停也.

任四時. 須存不可放過之意, 亦有隨遇而安之道. (張顯光『旅軒集』「耄齡
人事」

천천히 가야 오래 간다

만물이 강장強壯하면 늙게 되니 이는 도道라고 할 수 없다. 도가 아니면 일찍 끝나버린다.

노자 『도덕경』

강장은 힘이 세고 혈기가 왕성한 것이다. 만물은 기운이 활달하고 나면 반드시 늙는다. 꽃은 가장 찬란하게 피고 나면 지고, 사람은 가장 왕성한 시기가 지나면 늙는다. 그러므로 힘을 자랑한다거나 화려함을 지속하려는 태도는 좋은 모습이 아니다. 날개가 보이지 않을 정도로 날아다니는 하루살이는 단 하루만 살다 떠난다. 하지만 느릿느릿한 거북이는 수백 년을 살고 꿈쩍 않는 바위는 수천 년을 산다. 그러므로 힘이 세다고 기세등등해서는 안 되며, 화려함만을 좇아서는 안 된다. 자연의 이치를 거스르면 힘이 빠져 일찍 죽는다. 천천히 부드럽게 살아야 오랫동안 지속한다.

物壯則老, 是謂不道, 不道早已. (老子『道德經』)

가득 찼을 때 조심하라

늙어서 찾아오는 질병은 모두 젊었을 때 초래한 것이고 쇠락한 후의 재앙은 모두 번성할 때 지은 것이다. 그러므로 번성하고 지위가 높을 때 군자는 더욱 두려워하고 조심해야 한다.

홍자성 『채근담』

늘그막에 생기는 질병은 많은 경우 젊은 시절 잘못된 습관과 생활 태도가 쌓여서 만들어진 것이다. 쇠락한 다음에 생기는 고난이나 어려움은 번성한 시절에 자만하거나 관리를 소홀히 하여 생긴 것이다. 달은 가득 차면 반드시 기울기 시작하고 사물은 흥성하고 나면 반드시 쇠해진다. 그러므로 가득 찼을 때 미리 대비하고 조심할 수 있어야 한다. 혈기가 왕성한 장년 시절에 몸을 함부로 쓰고 방탕한 생활을 하면 그 결과가 조금씩 쌓여 늙어서는 돌이킬 수 없는 질병이 따른다. 높은 지위에 오르거나 잘 나갈 때 교만

이 하늘을 찌르고 남을 존중할 줄 모르면 주위 사람들은 하나씩 떠나고 종국에는 혼자 남게 된다.

그러므로 혈기 왕성한 시절에 몸을 잘 관리하고 좋은 생활 습관을 지녀야 한다. 최고의 자리에 올랐을 때 더욱 겸손한 마음으로 자신을 낮출 수 있어야 한다. 자기 몸을 잘 돌보는 것, 자신의 역량보다 조금 모자란 자리에 앉는 것이 몸을 보존하는 지혜이다.

老來疾病, 都是壯時招的, 衰後罪孽, 都是盛時造的. 故持盈履滿, 君子尤兢兢焉. (洪自誠『菜根譚』)

애석한 두 가지 일

정신은 쉽게 닳아 버리고 세월은 빨리 지나가 버린다. 하늘과 땅 사이에 가장 안타까운 일은 오직 이 둘 뿐이다.

이덕무 『청장관전서』 『이목구심서』

젊은 날에는 총명한 기운이 돌고 무엇이든 나의 시간으로 만들 수 있을 것만 같다. 그러나 먹고 사는 문제에 휘둘리고 일에 매달리다 보면 정신은 금세 소모되고 세월은 훌쩍 지나가 버린다. 영원할 줄 알았던 젊음은 한순간에 지나고 거울 앞에는 피부가 자글자글한 내가 있다. 봄의 맛을 음미하기도 전에 가을은 오고야 말았다.

기운 있는 날을 헛되이 보내지 말자. 세월은 사람을 기다리지 않는다. 주자는 우리를 권면한다. "젊음은 쉽게 늙고 배움은 이루기 어렵다. 순간의 시간을 가벼이 보내지 말라."

精神易耗, 歲月易邁. 天地間最可惜, 惟此二者而已. (李德懋『靑莊館全
書』『耳目口心書』)

2장

잃는 것이 있으면 얻는 것도 있다

늙으면 얼굴에 주름이 자글자글해지고 흰머리가 생기며, 이가 빠지고 눈이 침침해진다. 기력과 기억력은 떨어지고 귀와 눈은 어두워진다. 늙음을 늦추려고 애를 써봐야 잔주름과 흰머리는 늘어만 간다. 남은 날이 적어지니 더욱 자신감을 잃어버린다. 늙어가는 일은 슬픈 일이다.

그러나 흰머리가 되는 일은 누구나 맞이하는 공평한 도리이다. 늙음은 육체의 힘을 약하게 하지만 긍정적으로 받아들이면 삶에 여유를 가져다준다. 늙어서야 인간은 비로소 관대함과 인자함의 덕목을 갖게 된다. 늙음은 낡음이 아니라 새로운 시작이다. 늙어가는 일은 즐거운 일이다.

검은 머리 뽑지 마라

흰머리 많아지자 어린 딸이 나를 가엾어해

보는 대로 뽑아내도 금세 다시 생겨나네.

시름 속 늙어가는지라 소용없다는 걸 잘 알지만

거울 속 백발 보고 놀라는 일 잠시 면할 수 있으리.

성글어진 내 머리털 누가 이리 만들었나?

점차 더 빠져 어찌할 수 없는 지경 이르렀네.

검은 머리 뽑지 말라 매번 당부하지만

괜히 늙은이처럼 될까 두렵구나.

윤기 『무명자집』「어린 딸이 흰머리를 뽑아주다」

늙음을 받아들일 준비를 채 못했는데 어느새 흰머리가 하나, 둘 늘어간다. 늙어가는 당사자만 서글픈 것이 아니다. 늙어가는 가장을 바라보는 가족의 마음도 서글프다. 사랑스러운 어린 딸도 아버지가 늙어가는 것이 싫은가 보다. 자발적으로 나서서 흰머리를 뽑아주지만 자고 나면 흰 머리카락은 다시 돋아난다. 흰머리를 뽑는다고 늙음을 막을 수는 없겠지만, 거울 보며 한숨짓는 일은 미루어줄 것이다.

그러나 딸의 수고에도 아랑곳없이 머리카락은 더욱 빠지고 흰머리는 늘어만 간다. 설상가상 딸아이는 흰 머리카락을 뽑으려다 검은 머리카락을 뽑는다. 흰 머리카락 몇 개 없애려다 공연히 파파노인 소리만 듣게 생길 판이다. 흰머리도 걱정이지만 머리카락이 너무 빠지는 것도 걱정이니 이래저래 진퇴양난의 심정이다. 늙는다는 것은 상실감과 불안감, 초조함을 마주하는 일이다.

幼女憐吾白髮多, 纔看鑷去忽生俄. 極知無益愁中老, 且免斗驚鏡裏皤. 種種始緣誰所使, 駸駸漸至末如何. 鋤根每戒傷嘉穀, 猶恐公然作一婆. (尹愭『無名子集』「幼女鑷白髮 戲吟」)

늙음의 비애

지난 일들은 아득하여 전생과 같고

훌훌 흘러간 세월은 나그네 심정.

병든 치아 남아 봐야 몇 개나 있겠으며

상한 머리 매일 빠지니 몇 가닥 남았으려나?

앉을 때마다 졸음 쏟아져 잠 생각만 간절하고

일어날 땐 허리 짚고 어이쿠 소리 지른다.

힘껏 노력해도 성실 성誠자 못 이루니

굳세었던 유원성과 처지 다름 슬프구나.

조태채 『이우당집』「노쇠함을 탄식하며」

다사다난했던 수십 년간의 지난 시절도 돌아보면 하룻밤의 꿈
과 같다. 화살같이 흘러간 세월 돌이켜 보면 나그네처럼 머물 곳
없는 삶이었더라. 이제 늙고 보니 이는 다 빠지고 썩은 치아만 몇

개 남았다. 머리카락은 날마다 빠져 부들 숲처럼 황량해졌다. 앉기만 하면 꾸벅꾸벅 잠이 들고 앉았다가 일어나려면 아픈 허리 부여잡는다. 힘을 다해 참되고 성실하게 살아가고 싶으나 기력이 소진하니 성실 성誠 글자 하나를 이루지 못한다.

북송 시절의 유원성(본명은 유안세劉安世)은 오직 성실 성 글자 하나를 깨우치기 위해 참되고 성실하게 사는 데 힘을 쏟았다. 나도 힘써 그 뜻을 따르고 싶지만 심지 곧았던 유원성의 굳센 의지에 미칠 수 없으니 슬프기만 하다.

悠悠往事若前生, 忽忽流光軫旅情. 病齒時存凡幾箇, 衰毛日落許多莖. 坐常垂首惟眠意, 起輒扶腰自痛聲. 定力未專誠字上, 獨慚勁悍異元城. (趙泰采『二憂堂集』「歎衰」)

늙어감을 어이할까?

작년에 이 하나 빠지더니
올해는 수염 한 올 하얘졌네.
늙음을 피할 수 없다는 건 잘 알지만
이렇게 몰아닥치니 이를 어찌할꼬.

신숙주 『보한재집』 「양덕 가는 길에 우연히 읊다」

늙어가는 모습을 반기는 사람은 별로 없다. 흰머리를 뽑는 것은 늙음을 피하고 싶어서이다. 홍상철洪相喆이란 사람은 흰머리가 다시 돋지 않도록 하려고 뽑은 흰머리를 땅에 묻고 아예 장사까지 지냈다고 한다. 그러나 늙어가면서 흰머리가 생기는 것과 이가 빠지는 일은 피할 수가 없다. 그러니 굳이 늙음을 피하려고 하지 말고 편안하게 받아들이는 것이 좋을 것이다.

그러나 막상 늙어가는 조짐을 맞닥뜨린다면 피하고 싶고 우울감을 경험할 것이다. 작가 역시 늙어가는 조짐이 나타나자 당황한다. 작년엔 이가 빠지더니 올해는 수염이 하얘지기 시작했다. 늙음은 자연의 이치임을 잘 알고 있지만, 막상 어김없이 당하고 보니 손을 써볼 도리가 없다. 늙음을 어이할까?

前年一齒落, 今年一鬚白. 固知老不免, 奈此便相迫. (申叔舟『保閑齋集』「陽德途中偶吟」)

이 빠짐을 슬퍼하며

올해 세 개 이가 빠졌으니
내년에는 어떨지 알 만하다.
나는 본래 야위어서 볼품없는 얼굴인데
이제는 더욱 봐줄 수가 없게 됐네.
뺨은 움푹 들어가 흔들거리고
입술은 삐딱하게 말려 올라갔구나.
거울에 비친 모습 나 보기도 부끄러워
남들 만날 때면 어찌할 줄 모르겠네.

정범조 『해좌집』 「이가 빠지다」

늦음을 나타내는 강력한 세 가지 신호는 눈이 침침해지고, 이가
빠지며, 흰머리가 생기는 일이다. 그중에서도 이가 빠지는 낙치는
몸에서 치아가 분리되는 현상이라서 신체를 무척 소중히 여긴 옛

사람에게는 그 충격이 더욱 컸다. 한유는 「낙치」에서 이가 계속 빠지자 산이 무너지는 것과 같은 충격을 느꼈으며 쇠약해져 죽을까 봐 두렵다고 고백한다. 옛사람은 낙치를 죽음의 신호로 느껴 큰 심리적 충격과 더불어 죽음에 대한 두려움마저 느꼈다.

정범조 또한 세 개의 이가 빠지자 크게 상심한다. 아이의 이가 빠지면 무척 귀엽지만 늙어서 이가 빠지면 얼굴이 일그러져 보기가 흉하다. 뺨은 움푹 들어가고 입술은 삐딱하게 말려 올라가 자신이 보아도 봐줄 수가 없을 정도이다. 거울에 비친 얼굴은 나 보기도 부끄러우니 남들은 어찌 생각할지 두렵기조차 하다.

하지만 이가 완전히 다 빠진 뒤 정범조는 「무치無齒」라는 글에서 이가 없어지자 도리어 근심이 없어졌다고 고백한다. 이가 남았을 땐 언제 빠질지 몰라 걱정했지만 이가 다 사라지니 근심이 없어졌다는 것이다. 있는 그대로를 받아들이고 상황을 긍정적으로 바라보는 여유가 필요하다.

今年落三箇, 來歲從可推. 我本羸削容, 自此益不支. 頰輔動搖陷, 口脣承載欹. 攬鏡實自羞, 對人作何儀. (丁範祖『海左集』「落齒」)

흰머리가 늘어나며

백발의 기세는 초저녁 별이 생기는 것과 같아서, 처음에는 별 하나만 보이더니, 금세 두세 개의 별이 나오고, 별 셋이 나온 뒤엔 뭇별이 다투어 나오듯 하네. 초롱초롱 깜박깜박 어지럽게 어수선하다가, 맞이할 겨를 없이 바둑판의 바둑처럼 가득하구나. 작년에 턱 아래 터럭 하나가 세더니 남쪽에서 문득 두 개가 더 났지. 이 일 막을 수 없다는 걸 내 알기에 뽑지 않고 돋아나는 것을 편안하게 여기련다. 생선 가시같이 자잘하게 논해 무엇 하랴, 앞으로 파 뿌리처럼 무성하게 날 텐데. 머리 뽑는 집게 갖다줄 첩도 없는 신세인데, 황정 약초 가져다줄 신선인들 있겠는가. 흰머리 다시 검게 만들 수 있다 해도, 이미 쪼그라든 이 마음 다시 피긴 어렵구나.

정약용 『여유당전서』 「백발」

늙음은 흰머리가 하나 나오는 데서부터 시작한다. 초저녁의 별이 하나, 둘 반짝이다가 순식간에 온 하늘을 뒤엎듯이, 흰머리 또한 처음엔 한두 개 나타나다가 순식간에 머리 전체를 덮어 버린다. 손으로 몇 개 뽑아봤자 흰머리를 몽땅 없앨 수는 없다는 것을 잘 알기에, 차라리 마음이나 편히 먹으려다. 흰머리를 하나하나 다 뽑으면 나아질까? 아니면 복용하면 장수하게 된다는 신선의 약초 황정을 먹으면 나아질까? 그러나 흰머리를 다시 검게 만들 수 있다 해도 이미 상심하고 쪼그라든 내 마음이 다시 펴질 것 같지 않다.

늙음은 도둑처럼 갑자기 찾아온다. 다산 선생 역시 늙음이 느닷없이 찾아와 마음에 상실감을 가져다주었다. 쉰여덟 살에 머리와 수염이 서리처럼 하얗게 되었으며, 일흔한 살에는 이도 다 빠지고 머리도 거의 다 빠져 대머리와 다름없었다. 얼마나 우울하고 두려웠을까? 하지만 다산도「노인에게 한 가지 유쾌한 일老人一快事」에서는 늙음을 긍정의 시선으로 본다. 비록 머리와 이가 다 빠졌지만, 머리털은 애초에 군더더기였고 이가 다 빠지고 나니 아플 일이 없어서 좋다. 눈이 어두워지니 글자에 처박혀 눈초리 흘길 일 없고, 귀가 들리지 않으니 옳으니 그르니 시끄러운 다툼 들을 일 없어 좋다. 늙음은 육체의 힘을 약하게 하지만 긍정적으로 받아들이면 삶에 여유와 관조의 시선을 가져다준다.

白髮勢如昏星生, 初來只見一星呈. 須臾二星三星出, 三星出後衆星爭. 的的歷歷紛錯亂, 應接不暇棋滿枰. 去年頷下一毛變, 南來焂忽添二莖. 自知此事禁不得, 且休鋤拔安其萌. 細瑣何論魚鯁刺, 茂密將見葱鬚縈. 旣無婢妾供鐵鑷, 詎有仙客遺黃精. 白髮可使有還黑, 此心已枯難再榮. (丁若鏞『與猶堂全書』「白髮」)

사람만 늙게 하네

봄바람도 공평하지 않아서
온갖 나무의 꽃 피우며 사람만 늙게 하네.
억지로 꽃가지 꺾어 흰머리에 꽂아보지만
흰머리는 꽃과는 서로 어울리지 않는구나.

이달 『손곡집』 「꽃을 보며 늙음을 탄식하다」

　흰머리로 늙어가는 것은 누구나 맞이하는 공평한 이치라고 말하지만, 꽃과 나무와 비교하면 처지가 달라진다. 꽃과 나무는 겨울에는 잎을 다 떨구고 있다가 봄이면 활짝 꽃을 피운다. 그러나 사람은 다시 젊어지는 법이 없어 흰머리와 잔주름만 계속해서 늘어난다. 젊어 보이고 싶은 마음에 붉은 꽃 하나를 꺾어 머리에 꽂는다. 하지만 안타깝게도 흰머리와 붉은 꽃은 도통 어울리지를 않는다.

안티에이징이라는 말이 있다. 나이 드는 것을 막는다는 뜻이다. 늙음을 자연스러운 삶의 한 과정으로 받아들이지 않고 나이를 먹는 것을 막으려는 욕망이 담겨 있다. 늙음을 늦추려고 애쓰기보다는 삶의 자연스러운 과정으로 받아들이고 성숙한 늙음에 이르도록 힘쓰는 편이 현명할 것이다. 늙음에 저항하려는 욕망을 버리고 그 자리에 내면의 아름다움을 기르는 것이 진짜 주름을 없애는 길이다. 마음에는 주름이 없다.

東風亦是無公道, 萬樹花開人獨老. 强折花枝揷白頭, 白頭不與花相好. (李達『蓀谷集』「對花歎老」)

거울에 비친 내 모습

옛날 품었던 청운의 큰 뜻은
넘어지고 헛디디다 백발 되었네.
누가 알았으랴 거울 속에서
모습과 그림자가 서로 가엾게 여길 줄.

장구령『곡강집』「거울에 비친 흰머리를 보며」

　젊은 시절에는 입신양명의 원대한 뜻을 품고 치열하게 살아간다. 어느 정도 인정도 받아보고 일정한 지위까지 올라가 보기도 했지만 세상은 만만치가 않다. 세월이 지나고 보니 이러구러 꿈은 다 어그러지고 흰머리만 남았다. 나름 최선의 노력을 다해 성실하게 살아왔건만, 인생은 내 뜻대로 되지 않았다. 돌아보면 남는 건 아쉬움과 후회뿐. 누가 알았으랴! 거울을 보니 거울 속의 나와 거울 밖의 나가 서로를 딱하게 여기게 될 줄!

위의 시는 장구령이 썼다. 그는 현종 시절 어진 재상으로 기림을 받았으나 간신인 이임보 일파의 모함을 받아 좌천하고서 고향으로 돌아와 지내다가 병에 걸려 죽었다. 첫 구에 나오는 청운靑雲은 높이 출세할 뜻을 갖는 마음을 비유할 때 쓰는 말이 되었다.

宿昔靑雲志, 蹉跎白髮年. 誰知明鏡裏, 形影自相憐. (張九齡『曲江集』「照鏡見白髮」)

백발의 늙은이여!

흰머리 늙은이여. 근심은 한결같이 어찌 그리 길었으며, 세월은 한결같이 어찌 그리 바빴던가. 근심과 세월은 어찌할 수 없다는 걸 알면서도 한밤중에 일어나 앉아 부질없이 탄식하네. 어지러운 세상 만나 아무 도움 못 주었으니, 사는 것이 죽느니만 못한 지 오래다. 슬프다, 흰머리 늙은이여.

김상헌 『청음집』 「백두옹사」

늙는다는 건 슬픈 일이다. 근심의 깊이만큼 흰머리는 늘어나고 가는 세월 막고 싶지만, 인간의 힘으로는 어찌할 수 없다. 무슨 수심 그리 깊은지 작가는 한밤중에 일어나 길게 탄식한다. 혼란한 세상에 아무런 도움도 되지 못했다는 자괴감이 들자, 사는 것이 죽느니만 못하다는 생각마저 든다. 하지만 아무리 늙음이 서럽다고 해서 사는 것이 죽느니만 못하다는 극단적 생각까지 이를까.

남다른 사연이 있어 보인다.

　청음 김상헌은 병자호란 때 끝까지 청나라와 맞서 싸우자고 주장한 학자이다. 싸움의 형세가 극히 불리한 상황 속에서도 오랑캐 청나라에 끝까지 맞서 싸우자고 주장했다. 하지만 조선은 백성을 구할 아무런 힘도 계책도 없었다. 훗날을 도모하기 위해 항복하기로 결론이 났고 인조는 청나라 황제 앞에서 세 번 절하고 아홉 번 머리를 찧는 삼배구고두례三拜九叩頭禮의 굴욕을 겪었다. 김상헌은 항복문서를 갈기갈기 찢으며 통곡했으며 급기야는 가족 앞에서 자결을 시도했으나 미수에 그쳤다. 바람 앞의 촛불과 같은 국가 위기의 상황에서 현실은 그저 무능력한 늙은이만이 초라하게 살아있을 뿐이었다. 나라를 위한 구국의 충정은 깊으나 육신은 너무 늙고 힘이 없을 때, 한밤중에 잠을 뒤척이며 괴로워하는 한 인간의 모습이 애처롭기만 하다.

白頭翁, 愁心一何長, 歲月一何忙. 愁心歲月知奈何, 中宵起坐空咨嗟.
身遇亂世百無補, 人生不如死之久. 嗟爾白頭翁. (金尙憲『淸陰集』「白頭翁詞」)

백발 삼천 장

흰 머리카락 어느새 삼천 길
근심 걱정하다 이처럼 자랐네.
모르겠구나, 맑은 거울 보니
어디서 가을 서리 얻어 왔는지?

이백 『이태백전집』 「추포가」 15수

어느 날 무심코 거울을 보니 흰머리가 삼천 장丈이나 자라 있다. 근심과 걱정이 너무 많다 보니 흰머리가 밑도 끝도 없이 자라난 것이다. 1장은 10척이고 10척은 3미터 정도이다. 곧 흰머리가 9천 미터나 자랐다며 허풍과 과장의 허황된 표현을 쓰고 있다.

글을 쓴 사람은 당나라의 시선詩仙 이백이다. 그가 만년에 귀양에서 풀려나 안휘성安徽省의 한 포구인 추포秋浦라는 호수에서 거울에 비친 자신의 모습을 보고 쓴 시이다. 아무리 과장이라고 해도 흰머리가 9천 미터나 자랐다고 허세를 부리니 너무 심하다 싶지만, 거울을 보고 팍 늙어버린 자신의 모습에 큰 충격을 받았을 시인의 속상한 모습이 명징하게 다가온다.

白髪三千丈, 綠愁似箇長. 不知明鏡裏, 何處得秋霜. (李白 『李太白全集』 「秋浦歌」 15수)

나는 흰머리가 좋아라

사람들 모두 흰머리를 부끄러워하나, 나는 유독 사심 없어 좋아라. 늙음은 이치상 마땅히 있는 것이니, 젊은 시절 그 얼마였던가. 젊은 시절엔 허물이 많더니, 노년에는 새로 얻은 것이 있다. 희고 깨끗하기는 가을 서리 빛이고, 맑고 고상하기는 늙은 학의 자태이다. 술잔을 대하면 비단 장막이 펼쳐졌는지 의심스럽고, 거울을 보면 실을 드리운 모습이다. 흰머리는 본래 나를 따르는 물건이거늘, 어찌 꼭 뽑아 버릴 필요 있으랴.

정온『동계집』「백발」

젊어서 했던 일을 나이 들어 알게 된다는 말이 있다. 늙음이 꼭 나쁜 것은 아니다. 나이듦은 모든 생명이 맞이하는 자연스러운 현상이다. 나이가 들면 잘못이 줄어들고 통찰의 지혜를 얻는다. 흰머리는 노화가 주는 선물이다. 그 깨끗함은 가을의 서리와 같고 그 고상한 운치는 노학老鶴의 자태이다. 어딜 가든 어디에 있든 흰머리는 나와 함께 하는 소중한 물건이다. 늙는다는 건 지혜를 얻는 일이고 흰머리는 지혜의 징표이니, 흰머리를 꼭 뽑아버릴 필요는 없다.

고잉 그레이(Going Grey), 염색하지 않고 흰 머리를 그대로 유지한다는 의미이다. 흰머리는 부끄러운 색이 아니다. 오히려 흰머리는 늙음과 지혜를 상징한다. 흰머리는 원숙미와 중후한 품격을 느끼게 한다.

염색에 휘둘리지 말고 흰머리를 그대로 놓아주라. 흰머리를 없애지 말고 흰머리에 맞는 품격을 갖추라.

人皆羞白髮, 我獨愛無私. 衰境理宜有, 少年能幾時. 舊愊多弱壯, 新得在衰遲. 皎潔秋霜色, 淸高老鶴姿. 臨杯疑散練, 入鏡樣垂絲. 自是相隨物, 何須鑷去爲. (鄭蘊『桐溪集』「白髮」)

흰머리에 대한 단상

내 나이 서른여덟에 머리털이 세기 시작했네. 근심 걱정으로 십 년 보내고 나니, 여기저기 흰머리 생겨났다네. 처음엔 서글 프고 놀랐지만 오래고 나니 허물이 아니었네. 누군가는 뽑으 라 권하지만, 내 양심을 속일 순 없네. 세속에선 늙은이 천시하 지만, 결국에는 저절로 알게 되리라. 이 늙은이도 예전부터 늙 은이 아니라, 죽마 타고 신나게 놀던 아이였다는 걸.

이행 『용재집』 「백발을 보고 감회가 일어」

시간의 차이만 있을 뿐 모든 인생에는 반드시 늙음이 찾아온 다. 근심과 스트레스가 많으면 좀 더 일찍 늙음이 찾아온다. 흰머 리가 늘어날수록 기력은 떨어지고 건강을 잃어가고 세상에서 밀 려나는 느낌이 든다. 늙음이 닥치면 처음엔 슬프고 우울한 감정 에 휩싸인다. 그러나 차츰 마음이 정돈되고 늙음을 받아들이게 된다. 힘이 쇠약해지고 병이 찾아오는 일이 분명 기분 좋은 일은 아니다.

그러나 늙음이 반드시 나쁜 것만은 아니다. 늙음이 주는 장점도 많다. 머리가 자주 아프던 사람도 나이가 들면 편두통이 사라진다. 경험이 쌓이면서 관계가 원만해지고 스트레스를 다루는 방식도 노련해진다. 그러니 늙은이라고 무시하지 말라. 힘없는 늙은이도 죽마 타고 생기있게 놀던 어린 시절이 있었고, 건강하고 튼튼했던 젊은 시절이 있었다. 삼십 년 후에는 너희가 바로 나이고, 삼십 년 전에는 내가 바로 너희였다.

我年三十八, 頭髮始變衰. 憂患十星霜, 種種生白髮. 初焉愴然驚, 久復無暇疵. 人或勸當鑷, 我心良不欺. 賤老世俗態, 畢竟宜自知. 此翁非昔翁, 騎竹狂走兒. (李荇 『容齋集』 「見白髭有感」)

공평한 도리는 오직 백발뿐!

찾아오는 이 없는 길에 풀은 쓸쓸하니
예로부터 은자는 시장과 조정을 멀리했네.
세상의 공평한 도리는 오직 백발뿐
귀인의 머리라고 봐준 적이 없다네.

두목 『번천문집』 「은자를 보내며」

인간은 태어나는 순간부터 불공평을 경험하며 살아간다. 그러나 나이가 들면 흰머리로 늙고 언젠가는 반드시 죽는다는 사실만큼은 모든 인간에게 똑같이 주어진 공평한 도리이다. 잘났든 못났든, 부귀한 자든 가난한 자든, 고귀한 사람이든 천한 사람이든, 나이를 먹으면서 흰머리가 되고 눈가엔 주름이 자글자글해진다. 이른바 백발공도白髮公道! 흰머리는 누구나 갖게 되는 공평한 도리란 뜻이다. 귀인의 머리라고 봐주는 법이 없다.

늙음은 누구도 피해 갈 수 없다. 어느 정도 늦출 수는 있겠지만 영원히 막지는 못한다. 젊게 보이려고 애쓸 것이 아니라 늙음을 순순히 받아들이는 것이 성숙한 노인의 마음가짐일 것이다.

無媒徑路草蕭蕭, 自古雲林遠市朝. 公道世間惟白髮, 貴人頭上不曾饒. (杜牧『樊川文集』「送隱者」)

노인의 열 가지 좌절

노인의 열 가지 좌절은, 대낮에는 꾸벅꾸벅 졸음이 쏟아지고, 밤중에는 잠이 오지 않으며, 곡하면 눈물이 나지 않고, 웃으면 눈물이 흐르며, 30년 전 일은 모두 기억나도 눈앞 일은 돌연 까먹으며, 고기를 먹으면 뱃속에 들어가지 못하고 모두 이 사이에 끼며, 흰 얼굴은 검게 되고 검은 머리는 희게 되는 것이다. 이는 송나라 태평노인의 『수중금』에 나온다.

내가 장난삼아 다음과 같이 보충해 보았다. 눈을 가늘게 뜨고 멀리 보면 분별이 되나 크게 뜨고 가까이 보면 도리어 희미하며, 아주 가까이 있는 사람의 말은 알아듣기 어려우나 고요한 밤에는 항상 비바람 소리가 들리며, 자주 배고픈 생각이 드나 밥상을 대하면 먹지 못하는 것이다.

이익 『성호사설』 『인사문』 「노인의 열 가지 좌절」

철학자인 키케로는 노년이 비참한 이유를 다음과 같이 말한다. "노년이 비참해 보이는 네 가지 이유를 발견하게 된다. 첫째로 노년은 우리를 활동할 수 없게 만들고 둘째, 노년은 우리 몸을 허약하게 하며 셋째, 노년은 우리에게서 모든 쾌락을 빼앗아 가며 넷째, 노년은 죽음으로부터 멀리 떨어져 있지 않다는 것이다." 그러나 다음과 같이 마무리한다. "내게는 노년이 가벼우며, 짐이 되지 않을 뿐 아니라 즐겁기까지 하다. 영혼은 불멸이라는 내 믿음이 실수라면 나는 기꺼이 실수하고 싶고, 나를 즐겁게 해주는 이 실수를 내가 살아있는 동안에는 빼앗기고 싶지 않다."

노년이 되면 건강을 잃고 기력과 기억력이 떨어지고 귀와 눈은 어두워지고 남은 날은 적어지니 슬프다. 그러나 늙어서야 인간은 비로소 관대함과 인자함, 여유와 관조의 덕목을 갖게 된다. 늙음은 낡음이 아니라 새로운 시작이다.

老人十拗者, 白日頓睡, 夜間不交睫, 哭則無淚, 笑則泣下, 三十年前事總記得, 眼前事轉頭忘了, 喫肉肚裡無, 總在牙縫裡, 面白反黑, 髮黑反白. 此太平老人, 袖中錦也.
余戲爲之補曰, 微睇遠眺則猶辨, 而大開目近視反迷, 咫尺人語難別, 而靜夜常聞風雨聲, 頻頻有飢意, 對案却不能食. (李瀷『星湖僿說』『人事門』「老人十拗」)

3장

늙음을 경험하며 나아가다

늙음 앞에서 인간은 깊은 상실감과 더불어 성찰의 시간을 경험한다. 어떻게 잘 늙어갈지를 생각하고 질병을 어떻게 받아들일지를 고민한다. 손주가 생기면 할아버지 할머니가 되고 조부모의 마땅한 자리를 생각한다.

조선 후기의 문인 이옥은 오십을 한 해 앞두고서 팍 늙어버린 얼굴을 보고 거울에 하소연하고 김창흡은 예순여섯에 앞니가 빠져 얼굴이 딴사람처럼 바뀌자 펑펑 울 것만 같은 감정을 경험했다. 이문건은 도통 말을 듣지 않은 손자 때문에 마음고생하고, 한 늙은 아비는 시집간 딸에게 깊은 부정父情을 보여주었다.

늙어서 겪는 이러저러한 경험과 사연은 늙는다는 것의 의미를 생각하게 한다.

이가 빠져서 얻는 유익

무술년(1718) 내 나이 예순여섯 살에 앞니 한 개가 까닭 없이 빠졌다. 입술이 일그러지고 말이 새며 얼굴 모습이 비뚤어진 것을 느꼈다. 거울을 잡고 들여다보니 놀랍게도 딴 사람 같아 눈물이 펑펑 쏟아질 것만 같았다.

하지만 다시 곰곰이 생각해 보았다. 사람이 이 땅에 태어나 늙은이가 될 때까지 그 기간에는 길게 산 이도 있고 짧게 산 이도 있어서 정말 많은 단계를 거친다. 갓난아이로 죽으면 이가 채 나지 않았을 것이고, 6~7세에 죽으면 젖니를 갈지 못했을 것이다. 8세를 지나 6~70세에 죽으면 영구치가 난 다음에 죽은 것이고 여든 살부터 백 살까지 되면 이가 다시 난다고 한다. 내가 살아온 햇수를 따져보니 4분의 3을 산 셈인데 이의 수명 또한 한 갑자(60년)를 돌았으니, 일찍 빠졌다고 할 수는 없는 것이다. 또 올해는 큰 흉년이 들어 빼곡히 지하에 묻힌 자가 그 수를 헤아릴 수 없을 정도이니, 나처럼 이가 빠진 귀신이 몇 명이나 있겠는가? 이처럼 스스로 마음을 편하게 먹는다면 슬퍼할 일이 뭐 있겠는가?

　… 주자는 눈이 어두워진 것을 계기로 내면을 수양하는 공부에 전념하고 나서는 더 일찍 눈이 어두워지지 않은 것을 탄식했다고 한다. 이로써 말하자면 나의 이가 빠진 것도 늦은 것이다. 얼굴이 일그러져 만남을 꺼리게 되니 차분한 시간을 가질 수 있고, 말이 새니 침묵을 지킬 수 있으며, 고기를 잘 씹지 못하니 담백한 음식을 먹을 수 있고, 글 읽는 소리가 낭랑하지 못하니 마음으로 깊이 볼 수 있다. 차분한 시간을 가지니 정신이 평안해지고 침묵을 지키니 말실수가 줄어든다. 담백한 음식을 먹으니 복이 온전해지고 마음으로 깊이 보니 도가 모여든다. 손익을 비교해 보니 이익이 오히려 많지 않은가?

　늙음을 잊는 것은 망령되고, 늙음을 한탄하는 것은 비루하다. 망령되지도 비루하지도 않은 길은 오직 늙음을 편안히 여기는 것이다. 편안히 여긴다는 말은 쉬면서 뜻대로 사는 것이다. 평온한 자리에서 즐겁게 지내고 자연의 조화를 따라 시원하게 살며 육신에 매이지 않고 노닐면서 빨리 죽고 오래 사는 일에 흔들리지 않는다면 거의 하늘을 즐기며 근심하지 않는 자라 할 만하지 않겠는가?

김창흡 『삼연집』 「낙치설」

때로는 사소한 사건 하나가 큰 깨달음으로 이어진다. 삼연 김창흡의 나이 예순여섯 살 때 멀쩡해 보이던 앞니 하나가 느닷없이 빠졌다. 고작 이 하나 빠졌을 뿐인데, 입술이 일그러지고 말이 새고 얼굴이 한쪽으로 비뚤어진 듯했다. 거울에 비친 모습이 전혀 딴 사람 같아 눈물이 펑펑 쏟아질 것만 같았다. 그래도 이가 늦게 빠진 편이라고 위안 삼아 보지만 걱정이 이만저만 아니다. 이제부턴 고기도 잘 씹지 못할 것이고, 책을 낭송해보니 목소리가 새고 어눌한 소리가 난다. 이 몰골로 사람들을 만나면 깜짝 놀라며 안타깝게 여길 것이니, 노인이 되었다는 사실이 비로소 실감 난다.

그제야 나이에 맞지 않게 건강하고 젊은 나이인 듯이 생활해온 자신을 반성해 본다. 가만히 생각해 보면 이가 빠져서 얻는 유익도 많다. 사람들과 만남 횟수를 줄이다 보면 홀로 차분한 시간을 가질 수 있고, 발음이 어눌하니 침묵을 지킬 수 있으며, 고기류를 잘 먹지 못하니 담백한 반찬을 먹게 되고, 소리를 내어 읽지 못하니 마음으로 깊이 볼 수가 있게 된다. 이제부터 정신이 평안해지고 실언을 줄일 수 있을 걸 생각하니 이가 빠져서 얻는 유익이 참 많다는 걸 알겠다.

삼연은 이 하나가 빠지고 나서야 비로소 인생을 성찰하고 자신의 분수를 깨닫는다. 사람은 누구나 늙는다. 이가 빠지고 흰머리가 되는 일은 막대기로 쳐가며 막아도 막을 수가 없다. 늙음을 잊는 것은 망령되고 늙음을 한탄하는 것은 비루한 일이다. 오직 늙음을 편안하게 여기고, 있는 그대로의 나를 사랑하며 자연과 더불어 살아가면 된다. 빨리 죽고 오래 사는 것은 하늘이 정한 운명일 뿐이니, 삶과 죽음에 연연하지 않고 자유롭게 노닐다 가면 그뿐이다. 평범한 사건에서 인생의 지혜를 통찰하는 내공이 느껴진다.

歲戊戌, 余年六十六矣. 板齒一箇無故脫落, 便覺脣頰語訛, 面勢歪蹙. 攬鏡視之, 駭若別人, 殆欲汪然出涕. 更細思之, 人自墮地, 以至耆老, 其間修促, 固多節次矣. 孩而死則齒未生也, 六七歲而死則齒未齓也, 八歲以及乎六七十而死則齓而後也, 更至耄期以外則齒又齯也. 計吾所得年數, 幾占四分之三, 而齒之爲壽, 亦周一甲, 則未可謂夭也. 且今年大殺, 纍纍歸泉壤者, 不知其數, 其能爲落齒鬼者, 有幾人哉. 持以自寬, 又何戚焉⋯朱子因目盲而專於存養, 却恨盲廢之不早. 以此言之, 余之齒落, 其亦晚矣. 夫形之壞也, 可以就靜, 語之訛也, 可以守默, 嚼肥之不善, 可以茹淡, 誦經之不暢, 可以觀心. 就靜則神恬, 守默則過寡, 茹淡則福全, 觀心則道凝. 較其損益得便, 顧不多乎? 蓋忘老者妄, 嘆老者卑. 不妄不卑, 其惟安老乎? 安之爲言, 休也適也. 怡然處和, 沛然乘化, 游乎形骸之外, 不以夭壽貳心, 其庶幾樂天而不憂者乎? (金昌翕『三淵集』「落齒說」)

마흔아홉에 늙음을 보다

나는 모르겠다. 너의 얼굴에서 지난날엔 가을 물처럼 가볍고 맑던 피부가 어이해 마른 나무처럼 축 늘어졌느냐? 지난날 연꽃이 물든 듯 노을이 빛나는 것 같던 뺨이 어찌하여 돌이끼의 검푸른 빛이 되었느냐? 지난날 구슬처럼 영롱하고 거울처럼 반짝이던 눈이 어이해 안개에 가린 해처럼 빛을 잃었느냐? 지난날 다림질한 비단 같고 볕에 쬔 능라 같던 이마가 어찌하여 늙은 귤의 씨방처럼 되었느냐? 지난날 보들보들하고 풍성하던 눈썹이 어이해 촉 땅의 누에처럼 말라 쭈그러졌느냐? 지난날 칼처럼 꼿꼿하고 갠 하늘의 구름처럼 풍성하던 머리카락이 어이해 부들 숲처럼 황폐해졌느냐? 지난날 단사丹砂를 마신 듯 앵두를 머금은 것 같던 입술이 어이해 붉은빛 사라진 해진 주머니같이 되었느냐? 지난날 단단한 성곽 같던 치아가 어찌해 비스듬해지고 누렇게 되었느냐? 지난날 봄풀 갓 돋은 것 같던 수염이 어이해 흰 실이 길게 늘어진 듯 되었느냐?

… (거울이 말했다.) 아름다움은 진실로 오래 머무를 수 없고

명예는 참으로 영원토록 함께 못한다. 빨리 쇠하여 변하는 것은 진실로 이치이다. 그대는 어찌 절절히 그것을 의심하며 또 어찌 우울히 그것을 슬퍼하는가?

이옥 『화석자문초』 「거울에게 묻다」

　인생은 뜻밖의 일과 맞닥뜨려 기대와는 전혀 다른 삶이 되기도 한다. 그러고 싶은 건 아니었는데, 내 의지로는 어찌할 수 없는 상황이 삶을 끝없는 긴장으로 밀어 넣는다. 그 굴레를 벗어나기 위해 외롭게 버티어가는 사이, 흰머리는 하나둘 늘어나고 얼굴엔 주름이 자글자글해진다. 어느 날 문득 거울을 보면 쓸쓸하게 늙어가는 내가 있다.

　나이 오십을 한 해 앞둔 어느 날, 거울을 보던 이옥은 깜짝 놀랐다. 거울에 비친 자신의 얼굴이 팍 늙어 있었기 때문이다. 이에 이옥은 거울을 향해 늙음을 하소연한다. 자기 얼굴의 노쇠함을 애잔하면서도 절절하게 표현하고 있다. 투명한 피부는 마른 나무처럼 푸석해졌고 빛나던 뺨은 검푸른 빛으로 변했다. 반짝이던 눈은 안개 가린 해처럼 어슴푸레해졌고 다림질한 비단 같던 이마는 늙은 귤의 씨방처럼 자글자글해졌다. 풍성하던 눈썹은 말라 쪼그라들었고 풍성한 머리카락은 부들 숲처럼 황량해졌다. 이는 듬성 듬성 빠지고 앵두 같던 입술은 다 해진 주머니같이 되었다.

이옥은 문체반정文體反正의 유일한 실질적 피해자이자 군대를 세 번이나 다녀온 비운의 문인이다. 서른한 살에 성균관 유생이 되어 임금의 행차를 기념한 글을 썼는데, 글을 본 정조가 문체가 괴이하다며 일시적으로 과거 응시 자격을 정지시키는 정거停擧를 명하고 반성문을 쓰게 했다. 과거 시험일이 다가오자 군대를 다녀오는 충군充軍으로 바꾸어 주었다. 몇 개월 후에 과거에 응시했으나 문체가 불순하다는 이유로 다시 군대를 다녀왔다. 다음 해 별시의 초시初試에서 당당히 일등을 차지했으나 정조가 보고 격식에 어긋난다며 꼴등의 등급으로 강등해 버렸다. 그리하여 이듬해 실의에 젖어 고향인 남양으로 돌아왔다. 출세를 향한 그의 꿈은 이것으로 끝났다. 그 스스로 고백했듯이 그는 길 잃은 사람[失路之人]이었다. 재능이 뛰어났던 한 문인의 꿈은 문체가 격식에 맞지 않는다는 이유 하나만으로 꺾이고 말았다. 그는 출세를 위한 글을 쓰는 대신 자신이 좋아하는 글을 써나갔다. 이러구러 세월은 흘러 쭈글쭈글 늙었고 오십을 앞둔 직전에 자신의 민낯을 비로소 거울 앞에서 발견한 것이다. 그는 팍 삭아버린 얼굴이 퍽 서러웠을 테지만 자신의 초라한 얼굴을 정면으로 마주함으로써, 고된 삶에 굳건히 맞서려는 의지를 내보인다.

거울은, 아름다움은 오래 머무를 수 없고 명예는 영원히 함께 할 수 없다고 위로한다. 영원한 것은 없고 변하는 것은 자연의 섭리이니 담담히 받아들이라는 것이다. 모든 인생은 늙어가기 마련이고 명예는 한순간에 나락으로 떨어지기도 한다. 정도의 차이만 있을 뿐 늙어 죽는 것은 모든 생명에게 부여한 공평한 자연의 이치이다. 그러니 늙음을 의심하고 슬퍼할 이유가 전혀 없다고 당부한다. 거울의 말은 자신에게 건네는 위로이자 운명을 기꺼이 받아들이고 나아가겠다는 다짐이기도 하다. 7년 뒤 이옥은 56세를 일기로 세상을 떠났다.

余不知, 女之面之昔之秋水之輕明者, 于何枯木之不揚也? 昔之蓮暈而
霞晶者, 于何苦石之黝蒼也? 昔之珠瑩而鏡熒者, 于何霧日之無光也?
昔之熨錦而晾綾者, 于何老橘之房也? 昔之柔頓而豊盈者, 于何蜀蠶之
殭也? 昔之劍巖而雲晴者, 于何蒲林之荒也? 昔之飮砂而含櫻者, 于何
退紅之弊囊也? 昔之圍貝而爲城者, 于何坡陀而垢黃也? 昔之春草之
始生者, 于何素絲之繰長也?…美固不可以長處, 譽固不可以久與, 早
衰而變, 固其理也. 子何竊竊然疑之, 又何戚戚然悲之也? (李鈺『花石子
文鈔』「鏡問」)

아비 그리울 때 보아라

병오년 2월에 조씨 집안에 시집간 딸이 제 동생 결혼식 때 집에 왔다. 『임경업전』을 베껴 쓰려고 시작했다가 다 베끼지 못하고 시댁으로 갔다. 제 동생을 시켜 베껴 쓰게 하고 사촌 동생과 삼촌과 조카들도 글씨를 이따금 쓰고 늙은 아비도 아픈 와중에 간신히 서너 장 베껴 썼으니, 아비 그리울 때 보거라.

『임경업전』의 「필사기」

위의 글은 소설 『임경업전』을 베껴 쓴 어느 늙은 아버지의 필사기이다. 필사기란 소설을 베껴 쓰고 나서 그 소감을 간단하게 적은 글이다. 국가가 간행을 관리했던 옛날에, 패관기서로 홀대받았던 소설은 손으로 베껴 쓰는 형태로 퍼져나갔다. 긴 소설을 힘들게 베껴 쓰고 난 필사자는 소설책 뒷머리에 그 감회를 쓰곤 했다. 위의 필사기는 살갑고 애틋한 아버지의 마음을 보여준다.

병오년 2월, 조씨 집안에 시집갔던 딸이 오랜만에 친정 나들이를 했다. 제 동생의 결혼식이 있어서 축하하러 온 것이다. 마침 집안에 있던 『임경업전』을 발견한 딸이 시댁으로 돌아갈 때 가져가려고 소설책을 베끼기 시작했다. 조선 후기엔 부녀자들 간에 소설책 읽기 붐이 일어나 비녀나 팔찌를 팔거나 빚을 내서라도 소설책을 다투어 빌려서 읽었다. 당시엔 영웅소설이 최고의 인기를 끌었고, 그중에서도 『임경업전』이 가장 즐겨 읽혔다.

　하지만 딸은 미처 다 베껴 쓰지도 못한 채 서둘러 시댁으로 돌아가야 했다. 동생의 결혼을 뒷바라지하는 와중에 차분하게 다 쓸 겨를이 없었던 것이다. 쓰다만 글을 본 늙은 아버지는 마음이 아팠다. 아버지는 직접 남은 부분을 마저 써나가기 시작했다. 하지만 나이를 먹어 몸이 편찮은데다 눈까지 침침했다. 간신히 서너 장 썼지만, 도저히 더 쓸 수가 없었다. 하는 수 없이 작은딸을 불러 쓰게 했다. 옆에서 지켜보던 사촌 동생과 삼촌, 조카들이 자기들도 쓰겠다고 나서서 마침내 필사본을 완성했다. 늙은 아비는 소설 내용 끄트머리에 그간의 경과를 적으면서 '아비 그리울 때 보거라.'는 당부를 담아 딸에게 보냈다.

　늙은 아버지가 부쳐준 소설책은 단순한 책이 아니었을 것이다. 그 책은 건강하게 지내라는 가족들의 뜨거운 응원이자 뒤에서 묵묵히 자식을 받쳐주는 아버지의 절절한 사랑이었다. 고된 시집살이를 할 때마다 딸은 그 책을 읽고서 큰 위로를 받았을 것이다. 부정이 아무리 깊다 한들 모정에는 미칠 수 없다고 말들 하지만 아버지는 아버지의 방식으로 자식을 뒤에서 묵묵히 받쳐주는 보이지 않는 버팀목이 된다.

병오년 이월의 녀⍟ 됴실이 제 아우 혼인 쌔 근힝ᄒ여 님경업젼을 등출초로 시작ᄒ여짜가 필서 못ᄒ고 싀딕으로 가기의 제 아우 시겨 필서ᄒ며 졔 동남미 졔 숙딜 글시 간신이 삼ᄉ장 등서ᄒ여시니 아비 그리운 쌔 보아라 (『임경업젼』의 「필사기」)

할아버지의 육아 일기

내가 하나뿐인 손자에게 진심으로 바라는 건, 배움을 완성하여 오로지 가문을 일으키는 것.

글 읽을 때 제멋대로 가르침을 잘못 이해할까 봐 뜻을 풀어줄 땐 먼저 반복해서 말해주었거늘, 어쩌다가 손자는 간혹 황당한 말로 대들까? 장차 누가 날마다 가르쳐 익히게 해줄 수 있을까? 손자가 뉘우쳐서 이전의 잘못들을 고친다면, 인륜에 어긋나지 않게 내 은혜에 보답하리라.

이문건 『양아록』 「조급히 성냄을 탄식하며」

할아버지 할머니가 된다는 건 손주가 태어났다는 걸 의미한다. 할아버지 할머니는 다른 무엇보다 손주 보는 즐거움이 크다. 때로는 기꺼이 손주를 맡아 키운다. 손주가 건강하게 자라서 훌륭한 인물이 되길 소망한다. 그러나 아이는 꼭 바람대로만 크지는 않는다. 좋은 말로 타이르고 호소해도 하지 말라는 짓만 골라서 하는 자식도 많다.

묵재默齋 이문건(1494~1567)은 생전에 여섯 명의 자식을 두었는데 대부분 어린 나이에 죽었다. 막내딸은 스무 살에 간질로 죽고 마지막으로 남은 아들 온은 일곱 살에 열병을 앓아 바보가 되었다. 다행히 온이 결혼을 하고 손자를 낳았다. 손자의 이름은 복되고 잘되라는 뜻을 담아 숙길淑吉이라 짓고 손자의 성장기를 담은 『양아록養兒錄』을 쓰기 시작했다. 『양아록』은 현전하는 가장 오래된 육아 일기이다.

손자에 대한 묵재의 기대와 애정은 각별했다. 손자는 망해가는 가문을 잇게 해줄 유일한 존재였다. 손자 나이 일곱 살 때 아들 온이 세상을 떠나자 손자 양육은 온전히 할아버지의 몫이 되었다. 묵재는 정성을 다해 손자를 돌보았다. 손자가 건강하게 자라나 집안을 다시 일으켜주길 바랐다.

하지만 손자는 할아버지의 바람대로 크질 않았다. 손자는 크고 작은 질병을 계속 겪었다. 첫해부터 오랫동안 이질을 앓더니 세 살에는 학질을 앓았으며 네 살에는 안질에 걸렸다. 여섯 살엔 천연두를 앓았고 열한 살엔 홍역을 앓았다. 게다가 손자는 하라는 공부는 안 하고 놀기만 좋아했다. 열세 살부턴 술을 마시기 시작하더니 툭하면 지나치게 마셨다. 속상한 할아버지는 호되게 야단도 치고 엉덩이도 때려가며 손자를 훈육했지만 별 소용이 없었다.

어느덧 묵재의 나이 일흔셋, 손자 나이 열여섯이 되었다. 묵재는 손자에게 공부하라고 계속 다그쳤지만 별 효과가 없었다. 안 되겠다 싶어 저녁에 등잔불을 밝히고 직접 손자를 가르쳤다. 하지만 손자는 할아버지의 뜻풀이가 틀렸다며 자기 멋대로 풀이했다. 묵재는 거듭 자기 말을 따르라고 했으나 손자는 아니라고 박박 우겼다. 계속 타일러도 손자가 끝까지 고집을 피우자 화가 치밀어 오른 묵재는 손자의 볼기짝을 서른 대 때렸다. 손자가 아프다고 악악 소리 지르기에 그만두었다. 그다음에도 공부를 하지 않기에 댓가지로 등과 볼기짝을 때렸으나 손자는 아프다고만 할 뿐 여전히 공부할 생각이 없었다.

묵재는 생각에 잠겼다. '이 애가 어릴 때는 어찌나 귀여운지 단한 번 손찌검을 한 적 없는데 지금엔 왜 이리 성급히 화를 내며 인자하지 못하게 되었는지 모르겠구나. 이 할아비의 난폭함은 참으로 삼갈 만하다. 그러나 손자도 워낙 게을러 날마다 익히는 것이 겨우 책 몇 장에 불과하다. 아무리 음미해가며 읽으라고 독촉해도 끝내 따르지 않으니 어찌 잘못된 태도가 아니겠는가? 할아비와 손자가 둘 다 잘못하여 티격태격하는 때가 끝나는 날이 없으니 반드시 이 할아비가 죽은 다음에야 그치게 되리라.' 묵재는 손자를 생각하며 눈물을 흘리며 손자에 대한 간절한 바람을 적었다.

위의 기록을 끝으로 묵재 이문건은 『양아록』 쓰기를 중단했다. 손자가 더 이상 품속의 아이가 아니라고 생각했을 것이다. 애석하게도 묵재는 손자의 훗날을 보지 못한 채 이듬해 세상을 떠났다. 이후 손자는 할아버지가 자신을 위해 미리 지어 놓은 괴산의 집에 내려가 살았다. 비록 할아버지의 바람대로 과거에 급제하지는 못했지만, 임진왜란 때 왜적에 맞서 싸운 공로를 인정받았으며 아들 두 명을 낳은 후 마흔넷의 나이로 세상을 떠났다.

翁老眞心冀一孫, 學成終始立家門. 臨書自念差違訓, 解旨先須反覆言. 奈復或時辭至慢, 誰將逐日習能溫. 兒如悔得前非改, 無慊人倫報我恩. (李文楗 『養兒錄』 「老翁躁怒嘆」)

상상으로 지은 집

나는 예전에 한 가지 상상을 해본 적이 있다. 굳이 깊은 산 인적이 끊긴 골짜기일 것 없이 도성 안에 하나의 외지고 조용한 곳을 골라 몇 칸 집을 지으리라. 방안에 거문고와 책, 술동이와 바둑판을 두어야지. 석벽을 이용하여 담을 만들고 약간의 땅을 일구어 아름다운 나무를 심어 예쁜 새를 오게 하리라. 나머지 땅에는 남새밭을 가꾸어 채소를 심고 이를 캐서 술안주로 삼으리라. 또 콩 시렁과 포도나무 시렁을 만들어 서늘한 그늘을 드리우겠다. 처마 앞에는 꽃과 돌을 늘어놓으리라. 꽃은 얻기 어려운 것은 찾지 않고 사계절 묵은 꽃과 새로운 꽃이 이어 피는 것을 구하리라. 돌은 가져오기 어려운 것은 취하지 않고 작지만 비쩍 말라 특이한 것을 가져오리라. 뜻이 맞는 친구한 사람을 이웃에 두고 집의 규모나 위치는 대략 비슷하게 하겠다. 대나무를 엮어 문을 달아 통하게 해 서로 오가게 하리라. 난간에 서서 부르면 소리가 마치기도 전에 신발이 이미 섬돌에 다다르리. 아무리 심한 비바람이 불어도 방해받지 않으리. 이

같이 넉넉하게 즐기다 늙어갔으면 좋겠다.

이용휴 『탄만집』「구곡유거기」

사람들은 자신만의 집을 갖고 편안히 늙어가기를 원한다. 지친
일상을 마치고 돌아오면 두 발 뻗고 편히 쉴 수 있는 곳을 원하는
것이다. 그러나 세상에는 집이 없는 이들이 훨씬 많다. 누구나 자
기만의 집을 꿈꾸지만, 많은 사람이 자기 집을 갖고 있지 않다. 그
래서 늙기까지 아등바등 집 살 돈을 마련하느라 삶을 바친다. 자
기 집을 마련하는 일은 예전부터 여간 어려운 게 아니다. 집 없이
늙어가야 할까? 옛사람들은 집을 소망할 때면 상상으로 집을 짓
곤 했다. 혜환 이용휴도 상상의 집을 지었다.

혜환은 몰락한 명문가의 후예로 태어나 벼슬길을 과감히 포기
하고 평생 재야의 선비로 살다 간 문인이다. 일종의 전업 작가라
하겠는데, 재야의 중심에 있으면서 18세기 후반의 문단에 큰 영
향을 끼쳤다. 새로운 형식을 시도하고, 글을 아주 짧게 쓰는 등
과감하게 자신의 목소리를 낸 개성적인 문인이다. 어느 날 혜환은
인왕산 아래에 있는 구곡동에 놀러 갔다. 그곳에는 서 씨와 염 씨
가 살고 있었다. 이들이 사는 곳을 보니 자신이 평소 살고 싶어 했
던 공간을 닮았다. 혜환은 문득 평소 살고 싶었던 집을 상상해 보

았다.

혜환이 상상 속에서 그린 집은 지극히 현실적이다. 사람이 아예 없는 골짜기에서 살기보다는 사람들이 북적이는 도성의 조용한 곳을 고른다. 그는 으리으리하고 화려한 집이 아니라 소박하면서도 꽃과 나무가 어우러진 운치 있는 집을 꿈꾸었다. 외지고 조용한 곳을 골라서 아담하게 만들고 싶었다. 하지만 아담하고 예쁜 집만으로는 부족하다. 삶을 행복하게 만드는 데 가장 중요한 건 친구이다. 나와 마음이 맞는 친구가 언제든 부를 수 있도록 옆집에 살아야 한다. 함께 술 마시자고 부르면 외치는 소리가 끝나기도 전에 달려와 함께 할 수 있는 친구. 친구가 많을 필요는 없다. 마음으로 신뢰할 수 있고 힘들 때 의지할 수 있는 한 명의 친구면 족하다. 혜환은 마음 맞는 친구와 함께 소박한 집에서 넉넉하게 즐기면서 늙어가기를 소망했다.

오늘날 집은 투기의 수단이 되어 버렸고, 사람들은 화려하고 비싼 집을 자랑한다. 얼마나 편안한 집인지가 아니라 얼마나 투자 가치가 있는지를 따진다. 고향을 닮은, 삶을 담은 집은 이제 꿈속에서만 볼 수 있게 되었다. 자연이 어우러진 집에서 단순하게 살다가 늙어가기를 꿈꾸었던 옛사람의 마음이 문득 그립다.

余耆起一想, 不必深山絶峽, 都城中選一僻靜處, 構屋數楹, 中置琴書樽奕. 因石壁爲垣, 闢地若干, 赤植嘉木, 以來好鳥, 餘爲圃種蔬, 摘以佐酒. 又爲荳棚葡萄架以納凉, 簷前列花石. 花不求難得者, 求四時陳新相繼. 石不取難致者, 取小而瘦露怪奇者. 與同志一人爲隣, 而其所經營位置略相當. 縛竹爲門, 以通往來, 立欄邊相呼, 聲未竟, 屨已及堦, 雖甚風雨, 無間. 如是優遊以老. (李用休『敬敬集』「九曲幽居記」)

흰머리가 늘어나게 하리라

나는 일찍부터 노쇠해서 서른대여섯 살부터 귀밑머리에 한두 가닥 흰머리가 생기기 시작했다. 딸아이가 이를 보고선 싫다며 족집게로 뽑아도 나는 막지 않았다. 지금은 흰머리가 거의 절반이 되었는데도 뽑는 일을 그치지 않는다.

나는 문득 내 나이가 마흔다섯임을 떠올렸다. 이삼십 년 전을 돌아보면 모습은 나이와 함께 바뀌어 전혀 다른 사람 같다. 하지만 내 마음과 몸, 말과 행실을 살펴보면 유독 바뀐 것이 없다. 그렇다면 사람이 쉽게 바뀌는 것은 외모일 뿐, 바뀌지 않는 것은 마음인가 보다. 아니면 남들은 외모와 마음이 모두 바뀌는데 나만 마음이 바뀌지 않은 것일까?

아! 예전에 거백옥蘧伯玉은 예순이 될 때까지 예순 번 바뀌었다. 이는 외모와 마음이 모두 바뀐 것이다. 거백옥이 거백옥인 까닭이 여기에 있다. 나 같은 사람은 외모는 예전의 내가 아닌데 마음만은 예전의 나이다. 외모는 바뀌었건만 마음은 바뀌지 않은 것이다. 마음이 바뀌지 않았는데 예전의 나를 벗어나려고 한들 그럴 수 있겠는가?

내 머리카락은 하얗게 셀 때마다 족집게로 뽑은 까닭에 내가 보았던 것은 검은 머리뿐이었다. 나는 애초에 늙었다고 생각하지 않았기에 여전히 아이의 마음을 지녔던 것이다. 그렇다면 내 마음이 바뀔 수 있는데도 바뀌지 않게 한 것은 누가 한 일이겠는가? 이로부터 나는 내 머리카락이 희게 세지 않는 것을 걱정하게 되었다. 원하기는 오늘부터 시작해 너 흰 머리카락이 더욱 늘어나게 하리라. 아침저녁으로 너 흰 머리카락을 살펴 내 바뀌지 않은 것이 너를 따라 바뀌게 하리라.

이하곤 『두타초』 「백발을 늘리리라」

어린 시절엔 어른 대접을 받고 싶은 마음에 나이 들어 보이길 원하지만, 나이를 먹게 되면 오히려 젊어 보이고 싶다. 조선 후기의 문인 화가인 이하곤은 남들보다 일찍 늙어버려 삼십 대 중반에 이미 흰머리가 생기기 시작했다. 아버지가 늙는 모습이 싫었던 딸이 흰머리를 뽑아주지만 흰머리는 도무지 줄어들 기미가 없다. 이제 마흔다섯이 되어 십 대 시절과 비교해 보니 얼굴이 전혀 딴 사람 같았다. 그러나 나의 마음과 말투와 행실은 과거와 변함이 없었다. 외모는 나이를 먹었는데, 마음은 수십 년 전의 아이 마음 그대로였다. 마음은 변하지 않는 것일까?

하지만 춘추시대 위나라 신하였던 거백옥은 예순까지 60번 잘못을 고쳤다고 한다. 나이 오십에 지난 사십구 년이 잘못된 줄 깨달았다는 일화도 전한다. 그는 한 살 먹을 때마다 지난해의 잘못을 반성하고 매번 자신을 바꾸었다. 이에 이하곤은 나이 들어 보이지 않으려고 애썼던 자신을 돌이킨다. 나는 왜 젊어 보이려는 욕망 때문에 노심초사하며 흰머리를 뽑으려고 애썼던가? 얼굴이 바뀌면 마음도 그에 맞추어 연륜 있는 어른의 마음으로 바꾸는 것이 순리이다. 그는 늙음을 있는 그대로 받아들이기로 하고 흰 머리를 내버려 두기로 마음먹는다. 이제부턴 흰 머리카락을 더욱 풍부하게 만들어 아침저녁으로 살피면서 날마다 마음을 성찰하여 올바르게 바꾸어 갈 것이다.

오스카 와일드는 말한다. "나이 드는 것의 비극은 마음이 늙지 않고 젊다는 데 있다."

余早衰, 自三十五六, 鬢毛已有一莖二莖白者. 女兒輩見之, 輒惡而鑷之, 余不禁也. 至今白者幾半鬢矣, 而鑷之猶不休. 余忽自念吾年已四十五矣. 回視二十年三十年前, 則貌與年化, 殆若二人. 而吾考之吾之心身言行之間, 獨無所化乎哉. 然則人之所易化者特皃, 而所不化者心歟. 抑人皃与心俱化, 而吾獨不心化歟. 噫! 昔蘧伯玉行年六十而六十化. 是心與皃俱化也. 伯玉之所以爲伯玉者此也. 若吾者, 皃非故吾, 而心獨故吾也. 是皃化而心不化也. 心不化而欲免乎故吾則其得乎?

盖吾髮隨白而隨鑷, 故吾所見者獨黑者耳. 吾未始以爲老也, 而猶有童之心也. 然則使我心可化而不化者, 又誰之爲歟? 吾自此唯恐吾髮之不白也. 請自今日始, 饒汝白者. 朝夕覽汝, 使我不化者, 將隨汝而化矣夫. (李夏坤『頭陀草』「饒白髮文」)

병을 근심하지 않으리

세상 사람들이 삶을 기뻐하고 죽음을 미워한 것이 오래되었다. 내게 다만 이 몸이 있는 까닭에 이 병이 있는 것이니 몸이 없다면 병이 어찌 붙겠는가? 그러므로 삶은 진실로 즐길 만하고 죽음도 편안하다. 마음이 삶과 죽음의 사이에서 얽매일 것이 없다. 사람이 병으로 근심하는 것은 그것이 사람을 죽게 만들기 때문이다. 죽음을 미워하지 않는다면서 병을 근심거리로 여긴다면 어찌 미혹한 것이 아니겠는가?

조귀명 『동계집』 「질병의 이해」

늙어서 가장 바라는 일은 질병 없이 살다가 죽는 것이다. 그러나 병에 걸리지 않고 건강하게 죽는 일은 극히 드물다. 늙어가면서 인간은 이러저러한 질병에 걸려 고통을 겪는다. 사람들은 건강한 삶을 좋아하고 병에 걸려 죽는 일을 미워한다. 그러나 육체가 있는 곳엔 반드시 질병이 있다. 질병은 항상 나의 육체와 함께하는 것이다. 사람들은 죽을까 봐 두려워 병을 걱정하는 것이니 죽음에 초연한다면 질병을 염려할 것 없다.

동계東谿 조귀명은 평생 병을 지니고 살다 간 18세기 초의 인물이다. "나는 병과 함께 태어났고 병과 함께 자랐다."라고 고백할 정도로 그는 태어나면서부터 죽을 때까지 병을 달고 살았다. 머리부터 발끝까지 병들지 않은 곳이 없었고 병 때문에 어느 것 하나제대로 일을 해낼 수가 없을 정도였다. 그리하여 누구보다 병을 가까이하며 병을 잘 알게 되었고 병을 성찰할 수 있었다. 병마와 싸우는 그에게 한 절친한 친구가 다음과 같이 위로했다. "그대가 병이 있는 것은 하늘이 돕는 것이네. 그대가 건강했다면 여색에 빠져 천하의 탕자가 되고 세상의 욕망을 다 채우려다 바보가 되었을 것이네. 그대를 미치지 않게 하고 탕자가 되지 않게 한 것은 그대의 병이네." 병으로 인해 기력을 낭비하지 않고 학문적 성취를 이루는 바탕을 얻었다는 덕담이다.

우주의 시간으로 보자면 병에 걸려 일찍 죽거나 건강하게 오래 사는 것을 비교하는 건 무의미한 일이다. 백 년 인생도 하나의 점에 불과할 뿐이다. 그러니 삶과 죽음의 차이는 없다. 또 병에 걸림으로써 비로소 건강의 소중함을 알게 되고 평범한 일상이 얼마나 행복한 일인지를 깨닫게 된다. 바람 한 점 없는 저녁이나 맑은 아침에 지인과 천천히 산책하는 일, 꽃을 감상하고 달을 구경하는 소소한 일상이 얼마나 행복한 일인지를 깨닫게 된다. 이러한 이치를 깨닫자 동계는 병의 두려움에서 벗어나 느긋해지게 되었다.

天下之悅生而惡死也久矣. 余惟有此身, 故有此病, 身之不存, 病將焉附. 故生固可樂, 而死亦爲安. 心未嘗有累於生死之間也. 夫人之患乎病者, 爲其死人也. 死之不惡, 而乃以病爲患, 豈非惑歟? (趙龜命『東谿集』「病解二」)

삶이 좋은 것이라면
죽음도 좋은 것이다.

늙음은 편안한 것이고
죽음은 쉬는 것이다.

| 참고문헌 |

김도련 지음, 『주주금석 논어』, 웅진지식하우스, 2015.

김미영 외 지음, 『노년의 풍경』, 글항아리, 2014.

신흠 지음/김수진 편역, 『풀이 되고 나무가 되고 강물이 되어』,
　　돌베개, 2006.

김열규 지음, 『메멘토 모리, 죽음을 기억하라』, 궁리, 2001.

심노숭 지음/김영진 옮김, 『눈물이란 무엇인가』, 태학사, 2001.

박정숙 지음, 『조선의 한글편지』, 다운샘, 2017.

박지원 지음/김명호 편역, 『지금 조선의 시를 쓰라』, 돌베개,
　　2007.

주희 지음/성백효 역주, 『맹자 집주』, 전통문화연구회, 1991.

송명희 외 지음, 『인문학자, 노년을 성찰하다』, 푸른사상, 2012.

송혁기 지음, 『고전의 시선』, 와이즈베리, 2018.

송혁기, 「낙치(落齒) : 쇠락하는 신체의 발견과 그 수용의 자세」,
　　『한문학논집』44집, 2016.

신정일 지음, 『울고 싶지? 그래, 울고 싶다』, 김영사, 2005.

심경호 지음, 『내면기행』, 이가서, 2009.

안동림 역주,『장자』, 현암사, 1993.

이순신 지음/최두환 역주,『난중일기: 새번역』, 학민사, 1996.

이승수 편역,『옥같은 너를 어이 묻으랴』, 태학사, 2001.

이은영,『백발공도(白髮公道), 그 노년의 시간』, 교수신문.

이종묵,「늙음에 대한 인식과 격물(格物)의 공부」,『한문학논집』
    44집, 2016.

임준철 지음,『내 무덤으로 가는 이 길』, 문학동네, 2014.

임준철 지음,『나의 장례식』, 고려대학교 출판문화원, 2019.

노자 지음/임헌규 옮김,『노자』, 책세상, 2017.

장 아메리 지음/김희상 옮김,『늙어감에 대하여』, 돌베개, 2014.

전송열 지음,『옛사람들의 눈물』, 글항아리, 2008.

유몽인 외 지음/정민·이홍식 편역,『한국 산문선』4, 민음사,
    2017.

키케로 지음/천병희 옮김,『노년에 관하여 우정에 관하여』, 숲,
    2005.

한림대학교 생사학연구소 지음,『동양고전 속의 삶과 죽음』, 박
    문사, 2018.

홍자성 지음/김원중 옮김,『채근담』, 휴머니스트, 2017.

한국고전번역원 한국문집총간 홈페이지 https://db.itkc.or.kr

청춘보다 푸르게,
삶보다 짙게
나이듦과 죽음을 대하는 선인의 지혜

초판 1쇄 발행 2022년 2월 15일

지은이 | 박수밀
펴낸이 | 박유상
펴낸곳 | 빈빈책방(주)

편 집 | 배혜진 · 정민주
디자인 | 박주란

등 록 | 제2021-00186호
주 소 | 경기도 고양시 덕양구 중앙로 439 서정프라자 401호
전 화 | 031-8073-9773
팩 스 | 031-8073-9774

이메일 | binbinbooks@daum.net
페이스북 | /binbinbooks
네이버블로그 | /binbinbooks
인스타그램 | @binbinbooks

ISBN 979-11-90105-41-5 03800